她世纪

She's world in her mind

杜冰冰 著

文化艺术出版社
Culture and Art Publishing House

图书在版编目（CIP）数据

她世纪/杜冰冰著.—北京：文化艺
术出版社，2010.9
ISBN 978－7－5039－4752－0

Ⅰ.①她… Ⅱ.①杜… Ⅲ.①长篇小说—中国—当代
Ⅳ.①I247.5

中国版本图书馆CIP数据核字（2010）第187958号

她世纪

著　　者	杜冰冰
责任编辑	如　怡
封面设计	胡桃子
出版发行	文化艺术出版社
地　　址	北京市东城区东四八条52号　100700
网　　址	www.whyscbs.com
电子邮箱	whysbooks@263.net
电　　话	（010）64813345　64813346（总编室） （010）64813384　64813385（发行部）
经　　销	新华书店
印　　刷	国英印务有限公司
版　　次	2010年10月第1版 2010年10月第1次印刷
开　　本	700×1000毫米　1/16
印　　张	17
字　　数	200千字
书　　号	ISBN 978－7－5039－4752－0
定　　价	29.60元

版权所有，侵权必究。印装错误，随时调换。

以此书献给人类21世纪千年之轮

目 录
Directory

1 · 第一章　突然

33 · 第二章　二氧化碳无处不在

59 · 第三章　摩擦力

81 · 第四章　我爱释迦牟尼王子

111 · 第五章　城市一天之藏龙卧虎

141 · 第六章　潮流是不可阻挡的

169 · 第七章　木马计与游击战

179 · 第八章　国家

223 · 第九章　有时

261 · 新文学来了
　　　——一种开启新时代的写作:《她世纪》

第一章
Chapter 1

突 然

突 然

一定有什么移动了，在我不知道的时候。

怎样悄然、腾挪辗转，是否幻化、浸染、勾连、潜隐、倒转，乃至退进圈划、招招作样；是由内向外的缓涌还是外部的轰然骤改，无从触摸，时时都在。每个毛孔的充满。对分子成分的怀疑。

我听到过它"咔嚓"断裂的声音吗？它是否给过我暗示？它曾擦着我的衣角而过，给了我一个神秘隽永的眼神吗？它怎样占据和呈示，它的尺寸范畴、质地频幅如何，它拉伸的曲度和方向呢？它笼罩吗？它省略吗？它延展前后吗？它庞然大物还是细若游丝，寒冷或温暖，清碎并滞重？侵袭抑或退避？疏松又板结？毁损还是成全……

是有什么移动了，在我没注意的瞬间。

这是一场突然的袭击，全面的崩溃，令人猝不及防，就好像是我的行为艺术使世界变了样。

在此之前我做了这样一件行为艺术：

我用八个月的时间在灵山的森林中过与世隔绝的生活（住在孤绝的林中小屋，储备了足够的衣食用品），断绝与外界的一切通讯联系，由助手小萍用DV机作全程记录。我每月采集自己的月经血涂染在不同种类样式的木石、树叶、花草之上，并根据农历节气时令记载这些痕迹的不同状态和微妙变化。如，今日白露：状似鱼弋，纹色浅雅，天机暗藏，风过后，似有歌，暗转……我使用化学的方法，用各种试剂对月经血的反应进行呈现；用物理的方法测量它的重量和流向。我力图从人类学、宇宙学、自然学、心理学、社会学、民俗学、逻辑学乃至经济军事法律等各个角度，从宏观到微观对之进行全方位立体的研究，再结合星相、奇门遁甲、易经、黄帝内经、塔罗牌、天干地支等，仔细勘算记录其温度湿度浓淡形状方位……月经期外的"行为"中我还做如下事情：

首先我唱歌，这要根据天气星相状态湿度气味的不同而不同：有时是美声，通天入地近触神灵（部分为歌剧中的咏叹调）；有时是民族式，横过山峦扫荡寂寥；间或缀以灵歌、说唱之痕迹；更多时候摇滚（自己一会儿吉他一会儿打鼓），与现在流行的一类有些相像，即用自己的发音器官竭力发出一切能发的声音：含混与惊叫夹杂，话语与乐音并置，哈欠与叹息同在，抽搐伴温柔，妖媚随狂野，与跳大神相类，但我自认是吸收了它的精华。渐渐发现自己的声音向娇嫩型性感逼进，这是为什么呢？我也低沉磁哑来着，原本我更推崇这类声线的。现在自己的个性化摇滚就这样出现了：娇嫩怪异性感的发声，有点说唱乃至日本狂言剧之踪影，杂以印度音乐色彩，再辅之深广之美声；气息流动的声音，阻碍气流的声音，喘气、气喘及喘不上来气的声音……琳琅满目、百样杂陈，诸种方式组合的节奏与音素，每天随氛境的不同将之不断即兴制造下去。

我还跳舞：先是芭蕾，因从小受训，所以先跳的部分古典正宗，与公主、天鹅有关；接着是傣舞、阿拉伯舞等；然后脱鞋光脚在空地上折腾现代及后后现代舞：弧形、斜边、钝角、绕转、抬俯、摔、爬、抖等，不断发现、突破肢体惯性的限制与程式，灵与形的飞游和出离；通常还会涉及太极、瑜伽和气功……也有很多时候声音与动作并行，效果非常。

从七月底的大暑开始，经立秋、处暑、白露、秋分、寒露、霜降、立冬、小雪、大雪、冬至、小寒、大寒、立春、雨水、惊蛰至三月的春分结束，历夏秋冬春四季。这就是叫作《八个月的隔绝与痕迹》的"行为艺术"。

西西每天要重复几个单调的动作以作为一天仪式的开始。根据月经的阴晴圆缺力图寻求一种规律的估证。她记录她的饮食消化运动祷告也记录她的呵欠与其他，一切都不可或缺。她带了各种玻璃试皿，对经血的各种化学反应、物理变化做了详尽的记录。西西计算天干地支、方位、信息，对环境进行全方位的嗅闻和溶入，她沉思静坐，思想空远，与神和万物交流；涉河图洛书、八卦、天象、星象、原始文字……记录八个月内天、地、人（自身）的变化。

开始，寂寞是难以忍受的，即便有小萍和她的DV机。西西对着镜头说话，把它当成交流与反证自己存在的对象。她发表演讲，论述问题，汇报研究结果……后来她也把镜头掉转过来拍小萍，拍树木、草丛、山野河流、光线、季节、路过的松鼠、蝴蝶和鸟虫。在这漫长与世隔绝的日子，她靠镜头、日记来确认、盛载一切，包括思念、包括呼吸、包括存在。她和向东相约彼此每天写信，等八个月后将这些未寄出的信交给对方。这些步骤也算作行为艺术的一部分。

再后来西西随环境一点点安静下来，她每天像古代高僧一样静坐，时间由短到长，声音与肢体的动作越来越少，内心却愈加安适了。

第一次见到向东是在五年前的一次行为艺术party上，当时西西正与几个朋友边自助取食边聊天，忽然感到左侧有光，是照亮一切的那种，色橘黄，温暖。转过身来，是他，披着灿烂的灯光出现，就像太阳降临，他纷披飞舞的长发闪烁着星星的光彩，如电影中的慢镜，他向这儿飘然走来，一招一式都是传奇，好像耶稣。当时西西正将某种食物送向口腔的中途，他的出现使她的动作停顿了很多秒，世界一片空白。他走过来，裹挟着他的青春呼啸而来，"咔吧吧"呼呼作响。准确地说，西西和向东中了电，产生了强烈的物理化学反应，他与她都听到了彼此被电得"噼里啪啦"的声音：西西差点儿碰掉一个杯子，向东几乎摔了一跤。这时外在的一切都成为被虚掉的背景和声音，无论他与她的目光落在什么方位，心中的焦距都只对准对方，再也没有停止。两人如同站在一茫茫星球上，周围的人群消隐了，只有她，只有他，世界仿佛仅因为她、他而存在。

几个行为艺术进行得轰轰烈烈，如火如荼：墙已被凿穿了，西西和向东在相互凝视；墨汁泼完了，几绺墨还淋到俩人的头上，西西和向东在相互凝视；那个艺术家已脱光了衣服，在呈现深邃的哲学意味，西西和向东相互凝视……在行为艺术血雨腥风的背景下，西西与向东进行了一场在当今快餐时代罕见的古典式爱情。

西西有恋爱恐惧症，曾有一个男艺术家追西西不成，当着她的面剁掉了他自己的一节小手指，西西受到刺激，很长时间都躲避情感，直到遇见向东。尽管有时他的激情几乎能将西西刮倒、吞没，但向东确是艺术圈中她见过的最有教养的男人。在这个惊悚艺术时代，作为艺术家的西西一度并不被人看好，西西的问题是过于文雅，她的身心深处停留着古典芭蕾的余韵，缺少这个时代艺术家流行的"狠"、"酷"。有一次展览的某作品是一个死人的手臂挂在空中，当那支暗皱的浸透防腐剂的胳膊，赫然呈现在西西的面前，加上天气炎热，西西竟眼前一黑什么都不知道了（也许这让她想起那男艺术家的断指吧），有的人以此认为她与一优秀的女艺术家尚有距离。

当时参加艺术家们的聚会要有足够的心理准备，因为随时有可能被人当成行为艺术的道具。如在一个朋友的生日聚会上，现场就有一不请自来的艺术家突然将蛋糕摔到很多人身上，惹起大家不满，打起架来，现场一片混乱。事后那个事件制造者仰着被揍得乌青肿胀的脸，得意地宣称自己的此件行为艺术作品圆满成功。

在这个"狠"、"酷"年代，还有的艺术家以自杀而死作为自己的最后一件作品。

也许因为从小一直被呵护着长大，周围都是赞美拥趸之声，西西有些自恋，有时她常常望着镜子中美丽的自己入迷。她要的是那种无条件的从起点开始的爱，比如即便她是一粒尘埃，她的爱人也无条件爱她。这显然是不可能的，如果她是尘埃她的爱人怎么可能认出她，除非她的爱人也是一粒尘埃。但她就是这样想的。

西西穿过各种形塑的密密的男人丛林的拦挡，终于见到了向东这份与她严丝合缝的爱情。向东如梦幻一般震撼性地出现在她的面前，幸福如此突然窒息般向她袭来。

西西：当我遇到你时，我正在担心世界将从我的面前一下子消失。

对于向东来说，历经多种情感误区的左右转后，见到西西，他一下子停了下来，他像浮士德一样心满意足地停了下来，他不管不顾地一头扎了过来，燃烧释放着自己全部的激情。人一生中真正彻底蚀骨的投入往往只有这么一次。他爱她美丽的小灵魂，她这清秀的落入凡间的精灵，她的质地如此纯正优雅，她深情的双眸、高贵的鼻子、音乐般韵味无穷的唇角、天鹅般的颈项、柔和尖巧的下颌，她迷人的塞壬一样令人无法抗拒的声音……他不知西西是否是世上最美的女人，但他知道西西就是他梦中的那个人，最合他心意的那个人，就是他想象过的那个人，他没想到世界上是真的有这个人的，看见她，他就觉得感动了，为世界上真有这样一个人而感动得哭了。他说西西有一种强烈吸引他的 x 因素，这个因素在其他女孩身上很难找到。他一看见她的脸就想吻，一听到她的声音心里就发颤。

两人的目光一碰到一起，就知道有事情要发生了，就知道一切都将决定，一定是这样了，没别的选择。这样强烈，如醍醐灌顶，如山崩地裂，一切在悄无声息中进行。没想到世上真有这种情感让人如此魂不守舍，如此忘我，甚至失去自我。拥有彼此，两人觉得自己的生命一下子有了重量和理由。

那段时间社会流行"痞子男"和"酷女"，她不喜欢"痞子男"，他不喜欢"酷女"，于是西西、向东这两个有"洁净癖"的男女就这样道同志合地走到了一起。

对向东和西西而言，爱情从未像现在这样从喉咙中冲口而出，这是一种充分的爱情，这样深切的爱情，分毫不差的契合，如此天衣无缝。这样冲破肌肤的呐喊，决堤的激情，什么也不能阻挡这由内而外深切的欢乐，这由内而外深切的爱情。彼此的引力如此强大，将两人席卷而去合二为一。他与她有时处于一种幸福的昏迷，幸福得恐怕不真实，幸福得担心世界会一下子从眼前消失。两人在彼此的青春中游弋。青春的空气如朝露沁入彼此的身心。灵魂中时刻轰响着对方的名字，浑身上下被一股甜蜜的气流充满。两人的心灵从未像今天这样柔软、这样圣洁,这样时时盈满了泪水。

向东爱上西西后冒生命危险做了一个"行为"叫《献给西西》,在实施"行为"中差点死去,而西西误闻向东已死便自杀殉情,活过来的向东得知西西为他而死,便又要去死,幸好结局是俩人都活了下来,成为罗密欧与朱丽叶的成活版。

向东与西西仅仅目光交流就用了整整一年时间,那样的深情流转、九曲回肠,极大增稠了空气中电波的含量。相互试探、七上八下、你来我往、撕心裂肺,像罗密欧与朱丽叶一样相互殉情又用了一年时间。然后是如胶似漆像牛皮糖一样粘着,然后是感谢:感谢上帝,感谢生育了彼此的家庭、祖先,感谢每一个使对方生命成型的偶合与机缘,感谢他与她的相遇,感谢两人殉情之后还能活着,感谢两人因对方明白了自己此生的意义。这场生死之恋使用了他与她全部的青春激情、全部的身心生命。这情感沁入骨髓、力透纸背、昏天黑地、飞沙走石、星移斗转、海枯石烂。如果世上只剩一对恋人忠贞不渝,相信就会是向东与西西。在遇到彼此之前,西西和向东都认为自己这辈子不会结婚,但现在他与她相爱得不知道该怎么办了:于是两人打算在西西八个月"行为"之后结婚——也许这种最世俗的方式才能给他与她的情感加上某种符号、体现深刻的表达,把两个人的生命紧紧合而为一。

西西与向东一起制作作品,两人总是做动静很大的艺术,做了声光电多媒体控制等。西西与向东要将这个世界做成一个巨大无比的艺术。她与他先是用特制布料整个包扎了白宫,包了金字塔,包了格林威治山,包了所有能包的东西,接着又做关于拆的行为。

他们做的那件叫《表情》的作品曾在社会上轰动一时,还获了世界某双年展大奖。《表情》:拍下社会中各类各阶层男人生殖器的不同状态(它是充满表情的,有它自己的语言),再拍下这些人的面孔,将之混放,让观者自己猜测、思考:每个生殖器的表情与每个人面孔的关系。很多人的生殖器与其外在的神色密切相关,也有一些人的与其外表形成强烈的甚至不可能的反差,完全出乎人的意外。向东难得地说服了社会各阶层从民工到白领乃至世界各国领导人参加此作品,引起极大轰动。后来向东与西西发现自己进入了统计学、社会学、心理学、生理学等纷纭无尽的领域,涉入各行业的统计比率及特例。

他和她还进行过两个人的戏剧,更准确地说是两个人的持续性行为艺术。

西西与向东被称为行为艺术、装置艺术、地景艺术、影像艺术等跨媒艺术家。

他与她也时常分开,分别去完成各自的作品。每次时间空间的分离都使两人如生离死别一样愈加珍视彼此。

在创作的过程中,两人幸福而亢奋,一致认为吃饭睡觉是很繁琐的事情。他与她认真地讨论这样一个问题:人这个物种为什么每天要吃那么多次饭。如果人根本不用吃饭不用睡觉该多好。

很多动物如冬眠的动物可以半年时间不怎么吃东西的。人为什么没有进化得更简洁更纯粹一些，琐碎的吃喝拉撒永远影响着人向更高的纯粹精神飞升。

结束漫长的"行为"，终于回家了。我和小萍为完成任务而拥别。小萍是因失去男友而自愿"隔绝"八个月的，现在我们要重返人群了。

进了城，感觉却有些陌生。

有什么不对了吗？好像没有。前年就是这个样子，冬天还未彻底到来（那时才十一月中旬），迎春花就开了（有照片为证），这是一个季节倒错的时代。

现在三月这个春天来临的季节，初开的桃花仍像往年一样陈旧。记得小时候初春的桃花都是鲜嫩娇艳的，不知从哪年起，初春发芽的桃花和柳枝都是那么老气横秋、无精打采、蔫蔫旧旧的样子，好像从一出生就是陈旧的。什么原因呢：激素催的？风尘太大？……总之，春天显得很旧。刚一开的桃花就是五十岁的，春天也是五十岁的。

很多人戴着口罩，这有点不一般，空气中有种说不出的微妙。

一不男不女的人打着手指响向这边瞄了几眼。

有个民工样的人频频甩头、回头，视线并未聚焦……

世界已变得陌生，人群已很不相同，仿佛又一茬庄稼长了出来，而从前的痕迹难以觅踪了。

是有什么移动了，在我看不见的地方。街道上有些古怪，是气味还是色调？太阳应该没变。仔细看看好像什么都没变，但就是隐隐的一丝不安，越来越强烈。行走着，我有些不安。

就是有什么不一样了。它的移动，它的试图，我不知道它的来源和方向。熟装熟式的人们不见了，我甚至觉得自己的衣着有些不合时宜。大街上统统撤换了面孔，一切都不一样了。这世界变了，时间变了。有什么移动了。它以怎样的方式开始、行进都是我所不知晓的，它的模样状态语速都是我所不了解的。一切是否会水落石出、真相渐次浮出水面。

家门口的三目街显得冷清，路人的表情如此陌生，不知从何而起因何而终。有人暧昧地看着我，那是我从未见过的眼神。

三目街深处这样一雅静的小四合院是向东的二伯父送给他的。竹影婆娑，鸟雀啁啾，古树参天。周围是青青矮矮的青砖房，一色的古色古香。

向东与他父亲的关系很僵，两人反差极大，冰火不容。向东早早从家中搬了出来。父亲是美术界的官员，是美术江湖的绝对权威，拥戴他的人对他推崇备至，反对他的人则暗称他"学阀"。他一直牢牢掌握着美术圈的主流话语权，不容置疑。向东的长头发、向东的"前卫艺术"与他的体系相左，本来向东以优异的成绩考入哈佛大学物理系是很让他欣慰的，但刚读了两年突然就转向了让他深恶痛绝的所谓的"前卫艺术"，令之愤怒不已。同时，向东公然写文章反对他的观念，更令他难以接受。大吵大闹之后，两人互不理睬，关系降到零点。而向东也不屑自己的父亲，他认为父亲不过是文艺界的大官僚，自己则是不与之同流合污的艺术家、知识分子。

见到向东的父亲，确实不能相信两人竟是父子。父亲短发丝丝入位一丝不苟，严肃干瘦，向东长发叛逆飞舞，浑身上下气血蒸腾。这对父子针锋相对、势不两立，看不出一点遗传上的渊源与痕迹。只是在某一刹那，两人同时一言不发以相同的姿势坐下，会让人认出二者的父子关系，并由此逐渐从父亲那里追溯出向东面孔中一些特征的来源与曲折变异。

与别人家的母亲不同，在有关向东的事情中，向东的母亲很少出场，即便出来也完全站在向东父亲的一边。

向东说他的母亲是个女干部。向东母亲单位常常制定影响全国的政策法规，一套政策出台，不免一部分人受益一部分人受损，而他们永远属受益者之列。除去政策本身就从有利于他们的角度制定外，他们总能最先知道消息的内幕，最先向有利自己的方向调整。举个例子，比如他们大米多，别人大米少，那就规定大米涨价。又如他们得知马上政策就要规定不许大家买大米了，为防止人们哄抢，政府官员会专门出来辟谣："没有这回事呀，请大家放心。"这种时候很多人就相信了就不多买大米了。但他们会一窖一窖地存积大米。最后的事实证明他们总是占尽先机的一方。他们就指向东母亲们，即向东们的家庭。再后来这种占尽先机的方式愈加扩大化了，向东的母亲后来一直在部属单位工作，生存于部属单位的种种"方便"中，如收费，其中既有借接受部委委托行使行政审批、监督等职能之机而进行的所谓"合法"收费，又有许多明令制止却仍我行我素的违规收费；如套取，包括虚列项目、虚报支出或多报人数等谎报开支的手段，多开账户、不进账册等隐瞒收入的方式套取、转移财政预算资金，用于单位日常开支和发放单位福利奖金津贴等；如挪用，直接挪用财政资金和其他专项资金用于部门开支和福利等等……是属于那种"公共权力部门化、部门权力利益化、部门利益政策化甚至法律化"的能以权牟利的单位。向东们的家庭在很多人眼中就成了几乎永远有利有特权的那部分人。

  在外人看来向东家庭条件优越，他是一幸福孩子，但向东自己不这么看。不知为什么他总觉得自己有一种被剥夺感，他有什么，父母总是下意识地用各种堂皇的借口、光明正大的理由剥夺掉他什么，然后再以他们的口胃、喜好及可控的方式发给他。这是否是由他们骨子里要控制他的欲望而产生，还是别的什么。很多人认为向东是生在福中不知福，可这种被剥夺感总是潜伏在他的意识中弥散不去。

  向东认为自己从小到大很少能感觉到母爱，他与母亲的关系一直就是淡淡的、极淡的。他觉得母亲是个情感冷漠之人或者在这方面严重发育不良。做个母亲、有个孩子并不是她发自内心情愿的事情，她的兴趣仅在向东父亲的身上，但这并不说明她多么爱他，而是因为依赖他。他觉得母亲身上汇聚了许多矛盾：一个女干部、一个知识女性满口人云亦云的大词汇、大道理，似乎工作高于一切，但又一切依附在父亲身上。说她重视家庭吧，她并没有足够的情感带给家里的人。向东由此得出结论：母亲是一心灵发育不良的弱者。弱者也许是没有能力爱别人的。母亲是一懦弱的人，而懦弱的人往往并不善良。这种人往往是依附的、随风倒的，缺少自己独立的人格，不会坚持正确的东西。

随着年龄的增长，向东与母亲的关系并没有什么改善，而是相反。因为他觉得母亲退休后变得愈加让人不可理喻，心态日趋失衡。后来他想母亲的人生中一定有很多他看不清的部分，他无法明白。

在不满的情绪达到极端时，向东会把很多负性的词汇加到父母身上。他觉得父母对他的教育很虚伪，两人一直用冠冕堂皇、言不由衷的话在蒙他，仅仅是为让他听从他们的意志，为他们的目的服务。是用虚伪的说教加暴力镇压的方式进行管制。向东的家是一号称民主的家庭，向东的父母是号称民主的父母；与他的同学朋友们相比，与同时代的大多数家庭相比，他的家庭确实民主很多，不过向东觉得一触及到本质，他父母就剥夺了他讲理的权利，或者表面允许你讲理，实则大棒压制。

他从小一直是传统意义上的好学生，学习成绩优异，是学校的风云人物。但偶有的几次违逆父亲的意志，却使他与父亲产生异常激烈的冲突。父亲没怎么打过他，但有一次冲突起来，父亲甚至想动菜刀，向东也想。

父亲把他几天锁在房间里，不给他吃的，他快饿死了，父亲快气死了。母亲是站在父亲一边的，他看不出母亲有一点心软，他甚至觉得如果父亲一声令下要杀死他，那么母亲会比父亲执行得更彻底。这次他在房间中几乎死去，父亲几乎疯狂地要制服他，他也疯狂地要反抗到底。父子俩都宁死不屈，最后还是姑姑来解决僵局，救下这对父子。

向东的伯伯姑姑们对向东一直关心疼爱，母亲空出的情感真空被他们填得满满。他们一面撮合父子俩和好，一面为向东提供住处，向东不想接受。后来二伯说他有一小四合院空着没人住，希望向东住在那里帮他看房子，向东答应了。大家都知道这是二伯父送给向东的礼物。

向东的大伯、二伯都是国家高级干部，家中都是高宅大院，占地面积甚广，不是有来历的名人旧居，就是新建的多亩四合院，门口有便衣安保巡视，院子最外一排住着勤务保卫人员，院内备有紧急情况下使用的地道类机关。但两人也很不相同。

大伯住的地方素朴庄严，像一极简的黑白照片，印象中房间里似乎只有一套桌椅，而房屋极高极空大，让人感觉自己很小很低，能低到尘土里去。警卫人员无处不在，无论吃饭谈话都感觉在众多目光的注视之下。二伯家则比较奢华，到处能看到贵重的古玩、艺术藏品。二伯与向东多讨论生活艺术上的事情，很能接受向东们的新潮艺术，不时还能提出些靠谱的问题，与向东、西西相谈甚欢。大伯已退居二线，尽管话并不多，但能感觉到他对现今社会无法认同。

向东从小到大家里一向人流如织。有父亲的朋友，高谈阔论，慷慨激扬，热气腾腾，烟雾迷蒙。更多的人是来或谈工作或走后门，各式面孔，各种表情及各具特色的肢体语言。家中时时刻刻有人来找父亲谈论工作。让他印象最深的一次是，那天父亲已经躺在了被子里，一个长着红红脸的青年干部来到家里向父亲汇报工作。他低着头，谦卑地诚惶诚恐地坐在父亲的枕头边，然后痛哭流涕地说着什么。那位叔叔痛哭的样子一直令他印象深刻，长大以后再回忆这个场景，觉得很奇怪。当时自己还在屋里玩，妈妈也没有休息，爸爸却已躺在床上睡了，那青年干部事先没打招呼（当时去别人家大都是不打招呼直接就去的）就来向父亲汇报思想。可父亲为什么不起床穿上衣服呢？当时一定是父亲太累了想睡觉，男青年执意要进来，于是就形成这样从前觉得正常、今天看来不可思议的奇观。

　　向东怎么样了？他现在在干什么？他是如从前一样为我的归期计算、猜想、准备了多日吗？他，英俊的面目、深情汪洋的目光在我面前一次又一次呈现。

　　我和向东相信，我们的恋爱完全是一神迹降临的过程，多次的心有灵犀让人几乎无法不相信神的存在。

　　好几次我们想见对方，在没有约定的情况下，不约而同去了曾见面的地点却真的见到了对方。感谢神，让我们成为世界上最幸运最幸福的人，拥有这真正光耀一切的爱，拥有这不约而同。

　　这门槛高上去的小院，总是有翠鸟啼鸣；过去没人住时，野草有一人多高，草中有黄鼠狼、野猫、刺猬出没，树上有猫头鹰；风中捎转沙沙的树叶声，雨滴落下，蕴传着古树久远的信息。

院门上着锁，且有尘迹，我的心沉了一下。

打开爬满植物的四合院朱漆大门，这丹柿小院，熟悉的气息，植物们都在自由生长，一只灰喜鹊还在绕树飞上跳下，但是……

院里的草疯长个不停，过去曾贴地面的一点小草，如今已似人高了，看样子一不留神，它就会将整个院里的房子覆盖掩埋起来。它一个劲儿长，长。

就是有什么不对了，这种感觉愈加强烈，我的呼吸有点急促了，面前的草随着呼吸的起降也一起伏动起来。

房间里到处积满灰尘……

向东及向东的东西……不见了……

我忽然想起这一路上都没打通向东的手机，现在再打，还是"对不起，您拨叫的用户无法接通"。

到底发生了什么事？

？？？

我的心神无法宁静，不祥的感觉密密地浮上来，止也止不住。

接着就发现了根源，就是它了。

真相终于显现，我的预感成真，被真相击得溃乱。

桌子上的一张字条横飞入我的视野，像一枚炸弹："西西，你走后发生了很多事情，很快你就会了解。现在正值一个亘古未有的伟大时代，从前的日子是绝对的错误。自然，我不会爱你了。现在，我彻底爱上了一个男人。请不要再找我。回来后你会了解一切，不消说，你的行动定与我相同，我们必定相互忘记。看在我们'曾经'的份上写此绝交书以划清界线。向东。"下面的落款日期是我在灵山的行为艺术进行了三分之二的时候。

怎么回事？这是真的吗？怎么了？这怎么可能？为什么？

似乎为回答我的疑问，旁边厚厚的一堆照片说明了一切：所有我与向东的合影都被剪断。照片中的向东都不见了，仅余不同表情、姿势的我显得有点奇怪、有点不合逻辑地停在那里。

我什么都想不出来，这种转折不在我的思维之内。

我所能做的就是打电话，给父母朋友打，给所有能找到的号码打电话，结果竟……没有一个打通，真是奇迹。为了八个月的行为艺术，我扔掉了自己的通讯工具，他们就真的齐刷刷消失了？包括我的父母？这是对我艺术的验证吗？那么说我的艺术完成了？……周围的朋友一个都不见了，曾经好得热火朝天声泪俱下，瞬间就烟消云散不见了踪影，仅仅八个月时间一切就不可逆转，一切就完全不同了，仿佛一切从未存在过，从未发生过。

世界就是在这个时候突然安静下来的，那曾经挤得满满的喧闹的世界突然就静了下来，没有一点声响，没有一点余地，没有预演和转换，让我丝毫没有防备。不能说我做了一件行为艺术，世界就变成了这个样子，但是确实在我八个月的行为艺术之后，一切就变成了这个样子。时间不是好玩的东西，以前我与向东以时间为题搞过行为艺术，从没出现过这样的事，这是否可以解释为那几次的时间都没有这次长呢。

猛然间自己的周围就杳无声息了，不再有一丝响动，甚至能听见空气悄悄移动的声音，人们都渐渐在背景上远去，仅我一个人在空间中孤立。刹那间似乎地球上的人全部消失了，只余自己在世间。这一切突然而至，如狂风瞬间席卷了一切，我还没了解，我还没明白，我还不懂这意味着什么，我不知道它的含义。

忽觉鼻腔里没有任何征兆地有水一样的液体迅速流出，接着有很多液体出来了，这种无法控制的陌生感觉让我有些奇怪，本能地用手迎上去，一手的鲜血，我大吃一惊，不明白它的含义，同时我发现血已滴在我面前的地毯上了，我忙去卫生间洗手，过后发现卫生间灯的开关上留下了我的血迹。这件事我很久没有想清楚，它没有任何征兆地来临，而且破了我二十多年的记录，是有什么改变了吗？我身体的脾性、质地、本质有了变化吗？我的规律在我不知道的瞬间被颠覆了吗？这是一个新的调整和开始，还是仅仅一次非常的偶然，是此前我不小心碰到了毛细血管？它在警告我还是鼓励我，它根本微不足道吗？我发现自己身体内部有一种说不出的难受，我抱着腹部倒在地毯上，我知道那是自己的子宫在发出呼声（注：她的哭声是从腹部发出的，她知道那是生命之缘起，是她感受的存储与依托，是她的立锥之地，它令她发现了自己）。不知从什么时候起，我开始信任我的子宫，每当我的精神有深刻的不适，子宫都会呈现出它相应的反应，尤其是每当子宫先于精神发出反应，往往是真正严重的事情出现了，它在向我发出警告，提醒我注意，告诉我事情的本质。这一次，我知道是出问题了，出大问题了（注：好像是在二十岁，西西才知道自己身体内有子宫这个器官、了解了它的具体位置结构。从那时起，她发现子宫每次向她发出的预警都极其准确。曾有一公认优品男对她孜孜以求，闻者无不赞叹，但那段时间，她腹部就是感觉难过，直到与男人分开才好起来。这些年，西西一直在竭力破译它的密码）。

我刚刚斜倚他的怀里，幸福轻轻漫溢，我刚刚穿着旗袍款款而出啊，我多情的目光还留在他的身上，怎么一切就这样变化了呢？不给我一点预兆和警示。

仔细回想是否能寻出蛛丝马迹：那日见老男人当街打狗了；时有戴口罩的人渐现渐隐出没……可这样的日子已持续好久好久，不足以为意。

想想我的程序也没什么错误：早晨我吃饭了，夏天我浇花了，睡前我祈祷了，我从不随地乱扔废物。到底什么地方出问题了。

如何把这八个月的时间一一剖析。

我好像明白自己这次又成了艺术的标本，生活又一次配合了我，史无前例地。

当我意识到自己已跌在地毯上好久，我决定爬起来，我决定向门外走去。

她终于出现了，从三目街有古树和灰墙的地方现了出来，她移动得很慢，四肢和思维显然不能一致，我知道她傻了，尽管她不止一次傻掉过。说来好笑，每次做大的作品她都会不小心反被作品所作，这次也没能例外。不同的是这回她算彻底傻掉了。

她的样子很恍惚，我知道一切都脱离了她判断的轨迹，完全不是她所能想象。而她的全部未出我所料，包括她的出现并没有让我们等待太久，我第一次觉得自己既像上帝又像先知，对世界有完全的掌控力。情不自禁之际，我笑出了声。她仍全然不知，她自然弄不明白。冻结是没有的，拼接也无济于事。否则。向彼处看看。她走出来有所疑惑却不知晓，谁指引她呢。从一般意义上说，她并没有得罪我。她出发之前我还送过她，是一大群为她送行人中的一员，那不过是八个月前的事情，现在想起来像做梦一样。八个月的时间，世界已经翻天覆地了，现在正值"通讯戒严"，她又能知道什么呢。四年前她做了一件题为《你可以选择任何行为》的行为艺术。与某些以"酷"闻名的女艺术家相比，她属于"神经质优雅型"。当时的艺术思潮正流行"狠、酷、生猛海鲜、后感性、下半身、民间派……"吃死婴、杀羊剖牛、裸体、与生殖器有关、与尸体有关等的行为艺术方式风行。因为西西怕狗，于是有人建议她做这样一件挑战自己的行为：将自己与狗关在一起，然后录下自己的恐惧。西西没敢这么做，但引发了她做《你可以选择任何行为》的灵感，不过事后证明这个选择比前一个更超出了她的精神承受能力。观众的表现千奇百怪，西西深受刺激。做完这个行为，西西住进了精神医院，在向东的百般照料下才得以康复。当时我对她作品的回馈在内心是这样的：不是可以选择任何行为吗？我想揍她、出她的丑及其他事情。可作为美术圈里的人，我自然不会将此想法流露出来。

　　没想到仅仅过了八个月，这个隐秘的愿望会在今天以这种方式得以实现，这是时代的进步啊，同时也要感谢西西，她总是如此有创意地将自己做入作品当中，并最终受到作品的强烈打击。说实话，我从没觉得西西和向东有多大才华，尽管二人被称为艺术圈的"神雕侠侣",频频获奖,好像他俩就是前卫艺术界的代表似的,其实这很大成分并不是因为艺术。西西是个出了名的美女,属很有味道的那种,她外表矜持优雅,内心清高孤傲、自命不凡。她的特长是说话:她柔和动人的声音及程序复杂的语言具有一种催眠的力量,让人不知不觉中对她产生认同,尽管事后人们往往发现她的话未必很有道理甚至不一定合乎逻辑。巧于词令是她的强项,人们于眼花缭乱中已然缴械。同时,她的嘴里总能第一时间出现时下最领先最时髦的理论、艺术等各种书面词汇,晃花了很多人的眼睛。比如在一个艺术研讨会上西西的语言是由以下词句片段构成的:自我镜像、反射、失效、替代、指认、归化等等。她还引用这样的话:"欲望并不缺少什么,它并不缺少客体。欲望中所缺乏的是主体,或者说欲望缺乏一个固定的主体……欲望与其客体是一个统一体;它是机器,是一台机器的一台机器。欲望是机器,欲望的客体也是一台连接的机器,所以它的生产被从生产过程提取出来,是本身脱离生产过程而依附于产品……"我不知道这类东西与艺术或者艺术家有什么真正的关系。她身边总有一堆七来八往的"精英""捧"她,而她的男朋友向东又是艺术圈中的"旗帜人物"——种种艺术之外的因素成就了她。本人认为她其实更适合参加大专辩论赛,而不是搞什么行为艺术。

那么向东又是怎么起家的呢?他本来是哈佛大学物理系的学生,有一天突然对物理中的声音产生了兴趣,他收集各种声音进行合成,收集各类奇怪和前所未闻的声音,对声音进行细致的切分。接着他开始对前卫艺术着了迷。最重要的是，他有一个庞大的有权势的家族，各种关系网错综复杂，他的父亲是美术界权威，也被部分人称为"学阀"。许多对我们普通人来说比登天还难的事情，对他们轻而易举。我们是不同的阶级。向东是由于批判和反对他的父亲而在艺术圈名声大噪的。他还离家出走，真的与他父亲反目。客观地说，他是一个幼稚的理想主义者、一个天真的知识分子，他真的以为是他批倒了他的父亲，实际上，如果不是他父亲不动声色的爱包裹着他，他能做到这一点吗？

他还因为做出一些别人不敢做和不好做到的事情而出名，如在美术馆的千年现代艺术大展上，有几个人同时有用枪击的方式做一个行为艺术的想法，但谁可以真的实施呢？那是不被允许的。向东就可以。在他被警察抓走的那一刻，大家并不太为他担心。果真，在了解到他的家族背景中有权高位重的人物后，他立即被毫发无损地释放了。我私下认为向东的行为不是献身艺术的勇敢而是与撒娇相类，只是他不自知罢了。

他的作品有时太概念化，且经常能看出受各种大师影响的痕迹，但他总是能脱颖而出，这都是由于艺术之外的原因，否则在美术界他未必会比我混得好。而对我这种从社会底层奋力向上挣扎的人来说，辛辛苦苦二十多年，我也马褂了，我也小辫了，也拜见评论家了，也云山雾罩了，也狠了也酷了，但左右打拼未见什么起色，直到一日突发奇想进行"吃排泄物"的行为，才艰难成就了稍许的名气。"吃排泄物"就是吃自己的粪便，开头儿不适应也不习惯，吞咽比较困难，后来逐渐吃出哲学的味道，引起了批评家的注意，我才小有翻身，但我的付出与得到的远远不能成正比。再说西西，我不认为她艺术上有什么才能，拿《八个月的隔绝与痕迹》来说，明显可以看出"知识分子、学院派思潮"和"下半身、后感性"等的先后影响。陈腐僵硬的学院式知识堆积、不着边际的生拉硬拽（月经血和"军事、经济……"有什么关系），然后再以"下半身"式的月经血加以拼凑，还要耗费八个月的时间，如此笨拙却还以为她在创作的是一件什么里程碑式的作品。另外，月经血就女性主义了？就后感性了？就民间了？还"人类学、宇宙学……"这就知识分子了？就学院派了？在有些人看来，"下半身"的前史是一群秀气的小知识分子，忽有一日见小知识分子剃了光头，并将原本清秀的小白脸拉成满脸横肉，于是知道他们成功转身为"下半身"了，但有人认为秀气的小知识分子更是他们的本质，也是他们更好的形象。所以也可以说他们是不自知的"伪下半身"。而所谓的"知识分子"是从书本到书本的复制繁衍，因此也是"伪知识分子"。一言以蔽之，对他们有意见的人认为可将之概括为"伪知识分子加伪民间"。

而对我的"吃排泄物"行为，我同样可以对它不以为然，它是我出名的方式，但同时我也可以认为"吃排泄物"行为很感性，很哲学，很大众也很知识分子，它突破N重界线横跨众多领域，冒着唯物主义的气息，是既通俗又高雅、既直白又神秘的行为。它不仅弥合了人和动物的界线，启发人们对反祖的逆向行为进行反思，而且对人类排泄物的功能进行重新认识和了解。更重要的是，"吃排泄物"这一行为充满多重的象征意义，它对社会行为、社会链、生物链、人生本质进行了形而上和形而下的拷问和反省，它既潮湿且干涩，潮湿中有干涩的成分，干涩中又有水气的润染，余味无穷意境深远。我敢说美术史上提到"吃排泄物"时将不得不提到我。当然也曾有人剽窃我的创意吃动物排泄物，并说是他吃排泄物在先。我耗尽精力才打赢了这个官司。艺术圈总是有这么多混子、想不劳而获的无耻的人。没有想到的是，打官司竟然是炒作的好方式，打过官司之后，我真的比以前有了点名气。现在我还领悟到，重要的是吸引眼球，不管坏也好，好也好，吸引了眼球就是成功，至于你是不是个垃圾都无关紧要。

有时我认为所谓"前卫艺术"本身是不太成立和可疑的，这在世界范围都是如此。我私下认为到杜尚、鲍依斯为止现代艺术就已终结，众多庞大的所谓艺术家们都是在毫无创造力地"混江湖"罢了，平庸的、重复的、误读的、模仿的、抄袭的、逻辑混乱的……"前卫艺术"就是一件皇帝的新衣，"前卫艺术家"在自我催眠，"前卫艺术"本身早已过期。

其实此前我一直没有发现自己对西西的情绪如此强烈，是时代唤醒了我心底潜藏很深的东西，时势造英雄么。她甚至对我没有太多的印象，也许她都不认识我，我总是在人群之外看着她，她并不知道。现在时代不同了，世界的变化是加速度地旋转，仅仅八个月的时间就好像经过了几个朝代，如果不身历其中，哪会懂得这个道理。她八个月的自我隔绝就整个脱离了时代，她已孤陋寡闻，她已一无所知，而且这回她没有救星了，向东离她远去（自然，向东仍然会是新时代的风头人物，经过他"知识分子"的认真思考,他总能站在任何时代的前头。不能不说,向东是纯情的,是绝对真诚的,他发自内心地相信经过他"痛苦而独立"思考的一切。这与我不同,我也许并不真的对这些新观念新思想有多么信仰,但这并不重要,对我来说最重要的是生存,是机会,是达到目的是成功。所谓的道理、真理有何意义?不过是渺小人类的各种说辞,在上帝面前可笑又无聊),与她已分属两个阵营,她的亲人朋友早就分崩离析重新组合了,可惜她还来不及了解这些。她的那件《你可以选择任何行为》的作品,我心里曾有许多回应她的举动,当时不敢示人,这回我可以一起回应她两个作品了。这是神的旨意,就比如今天她若没有在三目街出现,起码会暂时躲过一劫,但她还是出现了,这就不能怪我了,这是命运和缘分。归根到底,我是不大看得惯她,在这个空前绝后的时代,谁让她是女人我是男人?这就是一切的本质和因果,何况她又如此惹人注目。

走出三目街的家门,隐约觉得有三个戴口罩的人一直在跟着我,不知道是为什么,错觉吗?

刚刚触及这深重的核心,它缓缓移动没有声音。它以强大的压力试图控制你的身心。

出了三目街就是格林威治山东街,左边的"列呢"酒吧是我和向东经常来的地方。这是一家可以自己调制鸡尾酒及各种饮品的酒吧。每次来到这里除与朋友聊天,就热衷于调配发明各种味道颜色的汁液、酒水,好像化学实验。蔬菜、水果、香料、甜品、调味品甚至中药、各种酒……在制作上对不同的器皿工具、花瓣果蔬的配饰等进行推敲。甜、酸、苦、辣、咸及各种混合的难以名状的味道，红橙黄绿青蓝紫黑白灰，无穷尽的搭配使我兴趣盎然。

才下午三点多钟，酒吧里还没有开灯，我一时无法适应这暗暗的光线，几乎是摸到吧台，要了一瓶烈酒。其实我不知道拿这么大的东西怎么办，喝酒不是我的能力和习惯。但此刻，它成了一棵稻草、一个借口、一种方式……

定下神来的时候，我感觉有点不对，不知为什么。后来明白了，酒吧唯一的服务生是我从未见过的，更重要的是我无法分辨此人的性别，前前后后左左右右看了半天还是没法弄明白。从某个角度看似乎是个男人，再看又像女人；如果说是男人，却如此妖媚，说是女人又稍显刚硬。声音也是如此，横听是女侧成男。此人的一切都处于模棱两可、是与非是之间。我尽力寻找帮助判断此人性别的各种迹象，如皮肤、喉结、上下半身的某些部位等，但一无所获，这是种容易令人陷入幻觉、模糊一切界线的形象，是似乎竭力掩盖一切证据和漏洞的形象。此人一丝不苟、严整紧密，抵抗着不显露一点马脚。突然激起的好奇心将我从几乎无法活下去的沉重时刻偏引开去。我犹豫片刻终于开口："不好意思，请问怎么称呼您？……先生还是……小姐？""您猜？""小姐。""您是对的。"服务员这样说话时突显了全部的女性特征。尽管是喝过酒的人了我还是觉得自己问得有些多余。

接下来继续灌酒。什么头绪都没有，明天也许会一切正常。这里是和向东经常活动的地方，他已是我的身心、我的世界，是我的维他命和蛋白质，是我生命中最严丝合缝的另一半，我们都曾是对方全部生命的理由。可……我的心开始疼了起来，之前我从不知道心是会疼的，现在我知道了，心脏确实是会疼的，会很疼。那曾经那么确定的一切，那用生死检验、约定过的爱情就如此化为乌有，好像从未发生，一切如此虚幻，昨天斩钉截铁的语言今天也随风而逝，什么能为时间烙上刻痕？什么能刻在这个世界上，人类主动或被动的意愿有多大的力量，能持续多久？

就连这家门前的小酒吧今天都如此异样和无厘头，熟悉的人不见了，好像刚刚发生了世界大战，好像纽约已变成荒漠，我不知自己身在何处……透过酒吧的门看着对面的格林威治山：一个国王吊死的地方，发生了很多大事的地方……我渐入昏沉。

后来我记得一个戴口罩的男人从门口向酒吧里探头，他看了我一眼然后问服务员："你是男的还是女的？"侍者声若洪钟："当然是男人，先生。"尽管我有些醉了，尽管我心情沉重，但还是被这一回答弄得清醒过来。戴口罩男人又看了我一眼就转身走了。

我向服务员寻根问底："你为什么对我说你是女人却对他说你是男人？"服务员尴尬起来："小姐，实话对你说，我是中性人，也就是双性人，最近我正准备做手术，也许做成女人也许做成男人，也可能既不做男人也不做女人，看情况再定。我这么说自然是为了讨好你们。""这么复杂？""时势所迫嘛，为混口饭吃呗。"我心想："为当个酒吧服务员就要一会儿男一会儿女的，有必要吗？她（他）以为做女人就可以讨好女人，做男人就可以讨好男人吗？也许事实恰恰相反呢？真奇怪。"觉得无趣，我走出酒吧。

外面阳光很亮，晃得睁不开眼睛。

有什么移动了，在底部有蛛丝的地方，在我不知道的时候。

一个真实的声音，好像是一种什么特别的东西出现了，空气的味道，到底是什么说不清楚。望望天，端详一下树叶和街上行走的人群，似乎与平时没有什么不同，但我感到了一种细微的波动，从神秘的地方传来，不知它的走向，它的来源，它的方式，它的力量，但我愈加真切地感受到了它。

格林威治山东街的草坪发散出刚刚剪过草的清香，空气是透明的，蓝天上的几缕云丝在令人不易察觉地缓缓移动……

然后是三张戴口罩男人的脸，这是三个艺术圈中熟悉而陌生的面孔，似乎见过又不认识，其中一个男人摘了口罩露出正在狂嚼口香糖的面目，另一男人用手整理着他的胳膊，然后他们就打了过来……

什么是围攻呢，目前进行的就是。西西感受到的是对她的报复与刻骨的仇恨。那好像是一直遭遇折磨、打击、侮辱的男人对从小到大备受娇宠的女人的报复。她认为自己并没有得罪过他们，她想问个究竟。他们一言不发，冷酷的行动表明他们的目标准确而明确。

五颜六色（可能是在阳光的折射下产生彩色的幻觉）确切地说是红色，伴随各种音域和音高的惨叫，这是没有余地的现时的发生。

西西一生中从未看过的各种角度,在这场暴力当中一齐向她涌来,摇晃的,癫狂的,错乱的,倒斜的,旋转的,点线面分离的,无法控制自己的一切,不能忍受的痛觉,迈向死亡的毁灭感……女性确是脆弱的肉体,如花一样精密,如花一样脆弱,如花一样不堪一击。

街上人不多,但也是光天化日。在这中间,有110巡警从此经过,西西向他们呼救。他们停一停、看一看、笑一笑就走了。

西西彻底糊涂了,这是一个让她完全陌生的世界,她觉得自己好像从未在这里生活过二十多年,她像突然被从别的星球上抛下来,一切都超出了她的理解能力。她没有想到自己会这样死去,来不及思考,甚至来不及痛哭……在本能呼救的同时,西西下意识地也在任自己的生命逝去。她想:就让他们替我结束自己吧,我生的愿望正好熄灭了呢,生命中最重要的部分失去了,躯体已成空壳,也许肉体的结束是消除心灵剧痛的最好方式。

西西朦胧中瞥见世界的最后一眼是红色的,在这视觉存留中,她看见玻璃美人从一棵大树后面走了出来。玻璃美人一直视西西为情敌。西西:难道这是玻璃美人指使的?莫非这就是我今天遭此劫难的原因?她不知道向东已离开了我?……

什么是真实?一切脆弱得如同灰烬如同烟雾。

她刚刚触及这深重的核心,它缓缓移动,没有声音。它以强大的力量裹挟一切,片瓦不留。时间就这样哗的一下流过去了,连泡沫也不起一个。让一切逐渐清晰起来,就像山影浮出水面。

西西失去了知觉……

第二章
Chapter 2

二氧化碳无处不在

二氧化碳无处不在

元桥西河过街天桥一带是我和老疤、大炮活动的主要场所，从自行车到行人都是我们的目标。

我和大炮都是从外地来这打工的，刚来时我们盘算得很好，多干活挣点钱回老家娶媳妇过日子。我跟着老乡在工地辛辛苦苦，为的就是年底能带着钱回家过年，老板却拖欠工钱不发，我们大伙儿一块儿找他们要钱，被老板雇的打手打了出来。我们想了各种法子，静坐示威、找政府部门、找法院……都没结果。我们没签劳动合同，首先因为我们不懂需签合同，其次即便我们想签也没人跟我们签，想干活的民工到处都是，能找到活干很不容易，哪个老板会找非要跟他签合同的民工呢。我的老乡爬到楼顶要钱不成，就从楼上跳下去自杀了。他自杀也没改变任何事情，反被称之为"恶意讨薪"及"扰乱社会治安"。还有一在外地打工的老乡为讨薪被挑断了手筋、脚筋，牙齿也被打掉了一多半，说话含混不清，全身上下伤痕累累，被家人找到时正流落街头拣拾乞讨，惨不忍睹。

这些事改变了我，我想明白一个道理：为什么要自己死呢？既然死都不怕，又有什么可怕呢？被人打是种活法，打人也是种活法，在自己能打人的时候先打人吧，打一天是一天，活一天算一天，以后的事不想，总比老乡那样死了残了的强。

现在抢劫了，有钱了，有人怕我们了，我心里确实觉得比咱那倒霉的老乡赚了。这年头胜者为王败者寇，你不抢别人，别人就抢你。老板抢了我们，我们只好抢别人。老板抢了我们也没见老板怎么样，我们抢了别人，也没见警察能把我们怎么样。

大炮是我萌生抢劫之念时认识的，巧了，与他当时的想法一模一样。大炮曾在一洗浴中心当保安，开头也是很规矩很努力的，后来看到那些进进出出洗浴中心的人都那么有钱，过着与自己比起来天上地下的生活，自己不仅没钱还被人瞧不起，进出的人大多看都不看他一眼。他不想再这样下去了。

老疤是远郊的农民，家里的地被征没了，征地款被村干部用各种名目所侵吞。老疤来到城里找工作找不到，就四处闲逛，每天为填饱肚子想招儿，从小偷小摸到明夺暗抢，已经几进"宫"了。监狱就像他的学校，每次进去都能增长不少能耐见识，他的作案经验和手段日新月异。

遇到老疤那天，我和大炮正在一小酒馆喝酒。邻桌一独自喝酒的人引起了大炮的注意，那人戴个眼镜，一副文弱书生的模样，他可能是噎着了，一直不停地打嗝，我和大炮觉得很好笑，大炮模仿他打起嗝来。细想起来是酒喝多了想挑事儿（大炮在家乡的村里也曾是一霸，在村子里闲逛时，若有人看他的眼神不对都会遭到他一顿修理。有人走路"不小心"看了大炮一眼，他若觉得冒犯了他，就上去一顿打。他的样子很凶，肌肉结实，面孔长得一块块如刀削的瓦块般），而且觉得这书生样的人好欺负。这"书生"就是老疤，这是一个瘦削的"眼镜男"。老疤走过来说，你怎么着？然后拿着酒瓶就把啤酒倒在大炮头上，当啤酒从大炮脸上流下来时，我和大炮知道遇见了对手，后来打起架的结果是，我和大炮被老疤用啤酒瓶打得头破血流，我俩捂着头只有躲避和逃命的份儿。按江湖上的规矩，事情告一段落，老疤把我和大炮送到旁边的医院包扎。这已是半夜时间，医院人员稀少，去值班室敲门才把大夫找出来。缓过点劲儿，我和大炮又有些不服气了，凭什么？于是不约而同向老疤打去，结果还是被老疤打得七零八落。反复几次，我和大炮明白了老疤的厉害。老疤的名字缘自他隐在头发中的一块疤，那块疤不仔细看是看不出来的，而一旦看见了那凶险的形状便会令人心惊，就像他这个人。

老疤顺理成章地做了我和大炮的头儿。

老疤心黑手毒，我和大炮都怕他。但他自负的弱点也是明显的，这正是他至今怀才不遇的重要原因。我和大炮甘心跟随老疤还有一个原因：他比我们俩有想法有主意。跟着他有肉吃。老疤是想干大事情的。老疤跟我们说，有钱就有了资本，而用钱买到权才能获得更多的钱、更多的自由和特权，到那时就算你杀了人又怎样，一样能摆平，法律都是给没能耐的平头百姓规定的，等我们跳上这一台阶，那才叫享受，才叫达到了人生的境界。老疤的话虽让我们觉得离自己很远，且半信半疑，但还是大大开阔了眼界，令我们对老疤愈加佩服，更加坚定了跟从老疤到底的信念。

干我们这行儿不容易，要冒着随时被抓进去的危险。有一次，费很大劲打昏一个人，从他身上才找到几元钱，这要是被警察逮了，得给重判。

晚上八九点我们来到西河一带寻找目标，地形地势、噪声、人多人少等都是要考虑的，还要根据天冷天热的不同而不同，更主要的，我们观察人：带没带可抢的东西，好不好抢，这人会怎么反应等。我们从人走路的姿势、动作、表情等决定目标，那些不自信的人、慌张软弱的人，那些强壮却徒有其表的人、性情刚烈却无抵抗力的人等，都逃不出我们的眼睛。另外，我们根据现场情况灵活行动，如一般来说晚上六点并不是最佳动手时间，但上月这个时候，我们在灵羽桥地下通道用大棒子从后面打倒了一个男人，成功抢到了几千块钱。说实话，干这行儿也是一门学问。

过去，我们经常在灵羽桥一带活动，在一般人看来，这里的夜晚似乎越来越凶险：总有许多闲逛无聊的人、鬼鬼祟祟的人、因缺少女人在各角落游荡寻找目标的人……他们呈现，他们出没。那么多伺机作案的人，那么多一念之差徘徊在犯罪边缘的人……当然还有我们。

灵羽桥风起云涌，如有一只飞鸟，出没、游动的影子，机关暗藏。

这里有时会在树林中发现上吊的人，搞不清是自杀还是他杀。

在这里经常见一片朦胧的树影下一对民工在那里骑自行车：一个男的在前面骑，另一个男的坐在自行车后座上，有的甚至坐在自行车前面的横梁上。有时还见三个穿着拖鞋的民工长时间并排手拉手走着。

在这里白天随时可以看见这样一景：一对进城打工的女孩，一个在前面骑着三轮板车，一个坐在后面三轮板车上照顾货物，忽然过来一骑自行车的年轻男子，趁打工妹不备一把将她们的包抢走了，坐在后面的打工妹忙跳下车追赶，尽管她长得够强壮，但这种奔跑还是徒劳的。男子成功抢劫后还回头得意地看了打工妹一眼，这男的模样蛮靓，背影也矫健。

我们当时在白天干过这种事：在路上设一绊索，将骑自行车的人给突然"绊"停下来，当骑车人停下查看时，我们上去将前面车筐里的包拿走。

后来这一带因传说中的"榔头帮"把警察引了过来。"榔头帮"据说是由各地下岗职工中的一些极端分子组成，他们作案时无论遇什么人，一律用榔头敲人的脑袋（又叫"刨根儿"），然后不管死活，将其身上的钱一抢了之。人们传说这些人觉得自己生活没有出路了，要在都城过年，抢劫钱财，报复社会。这段时间人们天一黑就不敢出门了。我们在模仿"榔头帮"成功弄了钱后，就转移到现在元桥这一带了。

今天大炮来西河的时候神情有些紧张："老疤，最近风声有点紧。"老疤："怎么回事？"大炮："钉子被废了，抢钱时被一个小丫头收拾了，这辈子起不来了。"老疤："新鲜！"我："丫真怂，栽一女的手里！就这还敢出来混？！"大炮："不光是这。听说最近干咱们这个的有好几个被一女的打残了……"老疤："还有这事儿？"大炮："老大，要不……咱先别抢女的了……"老疤："就你这点儿出息？"老疤虽嘴上这么说，行动上还是谨慎了不少。

我们四处走动观望，占据地势寻找目标直到凌晨二点。在这样清冷的夜色里，除了偶尔驶过的汽车，基本见不到行人。我们一致认为在这个时间出现的人是不自量力，是在等着被我们收拾。时间一分分地通过，四周除主路上不时驶过的汽车的噪声外，一切渐渐安静下来，我们在怀疑今晚是否能有什么收获。

就在这时，路灯下，远远走过来一个拎着精致小包的年轻女人，我们三个人顿时来了精神，互递眼色，装着不经意地向她走了过去。然后我是惊呆了：从没见过人能长得这么美，电影电视里也没见过，真的是绝色。她的手包和衣着一看就是名牌，奇怪的是这样的小姐为什么步行，这使我有点分神。就要与女子擦肩而过时，我们停了下来向女子："喂！"女子竟然也停了下来，不慌不忙："有事吗？"她没有一丝不安，冷静得不同寻常。我突然感到有些慌张，这是以前从未有过的感觉，想起大炮说的事，我心里生出一丝恐惧，但三个大男人因此放掉这样一绝妙的猎物确实说不通，这么合适的时间地点氛围让我们什么都不做是不可能的。老疤一定也是这么想的，所以他虽然犹豫了一下，还是向我和大炮使了个动手的眼色，按照设想我们三个人包围她将她拖入旁边的小树林劫财劫色应该绰绰有余。但行动起来果真出了问题，她不仅会拳脚，她什么都会，那精致的令我们垂涎的小包还成了攻击我们的工具。我们根本近不了她的身，反被她近了身，每被她近一次身，我们都被打得血肉横飞，她安静得一声不响，甚至踢打时都听不到粗重的喘息，更没有一些练武之人的"嘿咳呵哈"之声，夜空中留下的都是我们三个男人的——惨叫。她使的是迷宗拳还是无影脚，是暗器还是旁门左道……我根本就弄不明白。后来，我发现了一点门道：你用多少力量向她进攻，就会有多少力量反作用到你身上，你就会被多大的力量击中；你想对她下多狠的手，你就会受到多狠的惩罚。她常常是借力打力，老疤想用刀子暗中偷袭她，结果反被刀子所扎。我明白了这个道理就开始"讨好"她，我"温柔"地"攻击"她，我受的伤就越来越轻。老疤总想玩阴的，想给她致命一击，结果他就被致命了一击，他被打成了植物人……

向东这已经是第三次动用关系把玻璃美人从官司中弄出来了，十来个抢劫者被重伤致残，她多次面临防卫过当的起诉，有人控告她引诱犯罪，都被向东借助高级大法官姑夫的关系一一化解了。有人说"打官司就是打关系"看来不无道理。

向东认识玻璃美人是因为赵明。赵明是向东的一个朋友，住在东村，搞摇滚。有一段时间向东与西西经常去看"地下"的摇滚表演，见到了摇滚乐的 N 种方式：咽气呻吟式，狂呼咆哮式，唠唠叨叨式，咬牙切齿式，口腔咀嚼式，哭泣式，咳嗽式，喘息式，抽搐癫狂式，喃喃低语式，声音实验式，甩头脱衣式，摔琴跳台式等等。在此过程中认识了赵明，后来向东与赵明还合作过行为艺术。向东知道赵明最近被一叫玻璃美人的女孩搞得神魂颠倒，疯疯癫癫。那女孩对他不理不睬，他却穷追不舍。至见了玻璃美人向东心里大惊：真是世间少见的美女。那被睫毛覆盖的双眸每一次开合都动人魂魄、倾国倾城，她的美目仿佛被层层润染，一下一下地深下去，永远看不到边际。脸部的每一线条和微妙转折都优美绝伦，更不要说她凝脂般纯净水晶般透明的肌肤和夺人魂魄的魔鬼身材了。她拥有化妆与整形永远做不出的细腻、精致、丰富的美。这样的杰作只能出自上帝之手，是无论多么高超的人造美女都难以企及的，更是诸种"个性美女"、"服饰美女"、"金钱美女"、"气质美女"等难以充抵的。玻璃美人似乎廓清了美女的概念，让人们在"啊"的一声惊叹之后明白了什么是真正的大美女。不过，向东知道这是与自己无关的美，不像西西，一见就知道与自己的生命脱不了干系，自己人生的严重事故和绚烂之花都会因之而起。

玻璃美人的外表与她的行为有很大反差，那一身功夫和下手之狠让人很难相信出自她这样一个女子。正如名字所示，她是那种没有一丝杂质的令人窒息的绝美，美得让人不敢相信，透明得似乎会一触即破，是那种走钢丝般极致的美，危险易碎，绚烂夺目，浑身上下焕发着一种与众不同的奇异光彩。这样的美本该被遮风挡雨倾心守护的。她玻璃般的外表下如何蕴藏那样大的力量和疯狂。

玻璃美人对很多人来说都是一个谜，她是被赵明带到这个圈里来的。当时她在电影片场做武打替身，因为她实在是比明星还耀眼，导演们纷纷邀她演戏，但这与她心中执着的路数不同，一一拒绝，后来离开了这个行当。同样，她对赵明及所谓的艺术圈没有什么兴趣，刚要离开时却见到了向东，于是她留了下来，她尽可能参加一切与向东有关的艺术活动。原因很简单，向东是她青春期以来见过的唯一对她没有"想法"的男人，是唯一对她有友谊和同情的人，这种感情在她的生活中如此珍贵和稀少，令她一见倾心。

那天，玻璃美人与向东、赵明、西西等去了一个摇滚party，这时的摇滚乐正流行咳嗽，因此前后有几个主唱都以不同方式的咳嗽穿插在自己的歌唱中。他们光膀子蹦高，发出各种可能发出的极致的声音。一起疯狂的观众，初看似群魔乱舞，细看实际上极具程式，如到了某段一起晃头，到了某点一起扭动一起伸手等，让人想到这些摇滚粉丝与多年前的京剧戏曲票友虽有表面之差异实则同出一辙。狂乱之时，只见前片观众一片红发、黄发及其他颜色的头发一起浮动，如水的波浪，很性感的样子。有些人脱掉上衣狂甩头发，面孔焕发着青春、狂热、盲动之光，如同受冥冥中某种力量支配催眠的动物。人们的妆扮有许多类型：有人头缠纱布，脸上斜画着一横贯之刀痕，异常逼真，触目惊心。有人化妆成鬼脸，有人弄成狮子的发型……乐队也有几种：有的乐队横举话筒边唱边喊"你的热血哪儿去了？！你的热血哪儿去了？！"有的乐队声音颤抖，神经质，好像巫婆。有的乐队絮叨道"他们说我是疯子，他们说我是痞子……"有的乐队音乐极好，将民族音乐的成分与其个性化的声音融为一体。有的乐队高声喊唱"这下你该满足了吧！这下你该满足了吧！"有的乐队强烈如雷霆万钧，有的似窃窃私语，有的皱眉闭眼，有的狂跳狂跑……

但大家真的被感染了。

在乐队演出中发生了这样一件事：一个女孩在乐队演唱时跳上前去抱吻演奏中的贝斯手，旁边的吉他手见状，一脚将女孩踢倒在地，前排的观众——全是二十多岁的男性摇滚粉丝也一起过去骂她撵走了她。对这件事人们有两个看法：一种认为这女孩只顾自己出风头干扰了大家；另一类认为女孩是"情不自禁"表达她的喜爱，而这些外表洋化的摇滚青年其实内心很狭隘，对外面对别人他们可以放荡不羁，而一旦碰到他们一点点"利益"，他们都会斤斤计较，他们是一群梳长发的农民（同时有人反驳他们认为这样说农民是不妥的）。

演出结束后，玻璃美人一行余兴未尽去另一处跳舞，玻璃美人拉起向东就跳。西西知道玻璃美人喜欢向东，也曾有过醋意和担心，毕竟玻璃美人是那样光彩夺目的大美人。不过最终她明白，向东与自己经过生死之恋的感情不可能有一丝能被别人侵入的缝隙，也就释然了，见玻璃美人做徒劳无益的举动，只好无谓地笑笑接受别人的邀请。没想到一两支曲子之间就出了事情。

玻璃美人之致命美丽与性感瞬间就虏获了在场男人的心神。她就是这样，每每她一出现，男人们就忘记了自己身边的女人，眼里只有她了。玻璃美人天生具有一种她自己来不及察觉的致命性感。她一无所知，她深受其害。一般人只能美个大概，玻璃美人却能美到每个毛细孔的起承转合，精致绝伦。她的苦恼贯穿始终：男人对她趋之若鹜纠缠不休，女人对她排斥、敌视、嫉恨。女人们也无法释然，因为身边的男人一见到玻璃美人就会瞬间忘掉她们的存在。玻璃美人的美过于炫目（她属于限量版光彩夺目的美丽女子，这样的美，世上一共也没有几个），不仅晃花了男人的眼，也晃伤了女人的心。

动作更是她的专长，她天生就会舞蹈，就如她天生就擅长动作一样。如果说在静止时她已光芒四射辉映全场，等到动作起来则成了万目之瞩、动人之神话，无可抵挡。

男子们被玻璃美人迷倒，他们也不专心跳舞，心神都聚在玻璃美人那里不放，她（这个大美女）感到周围气场的波澜诡异，不同男人的不同状态和他们举动的倾向。空气中聚集了愈加浓厚的一触即爆的气流，危险的氛围向向东靠拢。

向东成了大批男人的眼中钉。

几个男人向向东挑衅，瞬间就引来一群男人要群殴向东，向东还没反应过来，玻璃美人就一击先弄翻了两个对向东威胁最大的男人，奇怪的是男人被玻璃美人打痛也不还手，而是直接袭向向东，玻璃美人于是出一劲招，俩男子倒在地上就不好起来了。在向东与众男人略一愣神之际，玻璃美人一把抱起向东向门外跑去，确实是抱起。这里要说明一下，向东是一米八〇的身高，玻璃美人不到一米七〇。她怎样抱起他，但她就是抱起了，像现代舞中女舞者举起男舞者那样抱起了他，不同的是男舞者有配合有准备，向东却措手不及，并一再试图让玻璃美人放下他，但：未遂。玻璃美人这一举动顷刻让现场的男人安静了下来，他们惊呆在那里许久才下意识地发出各种感叹音。等跑出门外把向东放下，向东从未像这样尴尬过，他语无伦次地说了句什么"我，我得回去给西西做饭",就赶紧溜了。向东和西西极少自己做饭,这句名不副实莫名其妙的话是怎么冒出来的连向东自己也不明白。玻璃美人有点哭笑不得,又气恼又无奈,但看着向东一反常态逃跑的背影,她还是不禁轻轻笑了出来。

玻璃美人这样与众不同,确实是有渊源的。

玻璃美人的高大英俊、对她无比珍爱的父亲,在她五岁时同他驾驶的飞机一起,永远消失在天空中了。之后她生活中最美好的事就是一遍遍对父亲的回忆。小时候一直由奶奶带着她生活,十岁那年奶奶去世了,她被送到母亲身边。玻璃美人早早就觉得自己长大了,什么都懂了,她讨厌自己的母亲,因为她觉得母亲讨厌她。母亲自己总是打扮得花枝招展,却给她穿又旧又难看的衣服,每当有人夸她长得比母亲还漂亮时,母亲就很不高兴,不仅当着别人的面贬低她,回家还要找茬训她。久而久之,她就喜欢一个人在房里待着,很少理睬她的母亲,母亲惩罚她时她从不求饶,弄得母亲恨恨的却也没辙。从她出生,她觉得母亲就没喜欢过她。玻璃美人对母亲的看法也许无意中受到奶奶的一点影响。奶奶称玻璃美人的母亲为"戏子",克死了她那么优秀的儿子,如果不是媳妇与儿子吵架使儿子的情绪受到影响,儿子不会在飞行演习中发生意外。母亲是曾红极一时的影视明星,但有两件事使母亲从人生的巅峰跌到谷底:一是被她最好的女朋友出卖。为争取一个重要角色,她与导演上了床,女友不仅用针孔摄像机偷拍下整个交易过程,还制成光盘广为散发,成为轰动一时的丑闻。后来好友不仅抢了她的角色，还抢了她的男人。二是生了玻璃美人后，人气急剧下降，挡也挡不住，怎么炒作也不行了，怎么作秀也不可以了，她并没有变丑，但观众就是义无反顾地抛弃了她。后来，玻璃美人有了一个继父，是个三流导演。母亲虽经拼命挣扎最终还是变成了一过气的三流演员。玻璃美人觉得自己一直在与一个提前了更年期并永远处在更年期的女人压抑地生活在一起。这种日子在玻璃美人青春期来临那一年，以一种令人意想不到的方式爆发了。当她因为自己身体的发育向母亲求助，母亲对她讽刺挖苦，好像她做了什么见不得人的事。母亲对她的成人厌恶而排斥。上体育课运动起来她觉得很不方便，她对母亲说需要一个胸罩。母亲先是照旧挑剔她一通之后说"没有"，说她根本不需要，玻璃美人一气之下把自己关在房间里发呆。时间是怎样过去的，过去了多久，她一点儿也不知道。继父怎样进来的，她不知道，她只知道后来一连串的一切突然激烈地就发生了，继父上来一把抱住她，在她身上乱摸，激动地说："宝贝儿，你长得太美了，比你妈美一百倍，我一定让你成为大明星……"她吓昏了，拼命大叫挣扎。后来听见母亲买菜回来的声音，她第一次哭着跑向母亲，母亲一见玻璃美人披头散发及她男人尴尬的表情，就什么都明白了。她怒火中烧歇斯底里地把菜扔在地上，上去就打了玻璃美人一记耳光："贱人！狐狸精！小婊子！现在就知道勾引男人了……"继父先是溜到了一边，后来定了定神小声嘀咕了一句："这丫头不像话，是得管管了……"就踱进卧室关上门不再出来了。玻璃美人大哭着跑了出去。

从银座附近的家出来，她跑呀跑呀，不停地跑，不知跑向哪里，只想把家甩得远远的。当她跑得又累又饿停下来的时候，空中飘来了小雨，天色暗了下来。

看见前面有座立交桥，玻璃美人就过去避雨。

刚站在桥下，她觉得有一双眼睛在看着自己。原来离她不远的暗处坐着一个老乞丐，老乞丐围着一堆破烂，掉了牙齿的嘴巴瘪瘪地："姑娘，行行好……"那灰白的发丝、衰皱的皮肤让玻璃美人想起了疼爱她的奶奶，她鼻子一酸就找自己的衣服口袋。母亲虽然经济上富有，却很少给她零花钱，她找来找去身上只有二十几元，她拿出五元给老乞丐，老乞丐很高兴，她心里也好受了一些。刚要把剩下的零钱放回去，发现不知什么时候身边冒出几个六七岁的小乞丐，他们也可怜巴巴地向她伸出手。她很犹豫，因为自己的钱也不多了，于是她把一元以下的零钱给了小乞丐。小乞丐刚散，几个二三十岁的乞丐围了上来，玻璃美人说："我自己还没有吃饭，没有钱给你们了。"几个乞丐不走，玻璃美人忽然感到有些不安，就拿出一元一元的钱给他们，心想把他们打发走算了。但几个乞丐对拿到的钱并不满足，仍伸着手围在玻璃美人旁边。她心里有些恐惧起来，她决定离开这里，就向雨中走去。没想到几个乞丐也跟着她走起来，她快他们也快，她慢他们也慢，她的心狂跳起来。看见前面一巨大的工地就跑进去希望躲起来，她七拐八藏到一堆石头后面。终于松下一口气时，几个乞丐悄无声息地出现在她面前，她本能地"啊"了一声，这时，她听到几个乞丐说出的第一句话，是由不同地方口音交汇成的：

"钱！拿钱！拿钱！"声音有高有低、有哑有尖、有柴有沉，在玻璃美人看来像天塌下来一样恐怖，她忙把自己身上所有的钱都翻出来给他们，他们还是"钱！钱！"她说："我所有的钱都给你们了，没有了，真的没有了……"几个乞丐一拥而上翻她的兜，撕她的衣服，她吓得哭了起来。待乞丐们发现她身上确实已没有钱时，不禁愤怒起来："没钱！谁让你没钱！让你没钱……"劈头盖脸就向玻璃美人打去。他们还轮奸了她，他们把她打得血肉模糊辨不出模样了才扔下离开。昏迷中她仰对天空，竟看见满天的星斗，安静极了。那样的星空深深刻印在她的心里。后来，她的一生都有了一个间或望望夜空的习惯。

她最后从昏迷中清醒过来已是早晨六点多了，她想站起来，却发现下体流出了许多血，腿痛得好像已经断了，她气息奄奄地呼救。四周空无一人，她只能撑着自己还能活动的双臂向前爬，勉强挪动了一点距离，忽听见有人走动的声音，心里燃起了希望。

她顺着来人的声音望去，这是一个西装革履的上班族，他手夹皮包匆匆而过，散着淡淡的 boss 香水味。"叔叔……救救我……救救我……"男人猛一看见浑身是血的玻璃美人，吓得一"哎哟"，并下意识地捂住了嘴，然后头也不敢回地跑了。玻璃美人没想到会是这个样子，这个反应对她来说极为陌生，作为一个美女，从没有人见到她是这种反应，她不知道自己变成什么样子了，一定很吓人。

看来这里还不算荒僻，离路口有一百米左右的距离，是一些人日常需要经过的地方。

　　后来终于有人陆续出现了，有不带香水味的，有仍然有香水味的，有模样朴实的，有形状机灵的，有的看起来良善，有的露些狡猾，有的显粗陋，有的形高雅，有老有少，有男有女，长的不一样，穿的不一样，走路姿势不一样，但没有人帮玻璃美人一个忙。最初，玻璃美人还希望有人送她上医院，后来发现这是不可能的，就求他们帮她打电话报警叫救护车，还是没有人这样做。有些人事情很多很匆忙的样子，无暇理睬玻璃美人；有些人抱歉地一笑就走开了；有些人则对玻璃美人一副怀疑的神情，好像看到什么陷阱；还有一些悠闲的人停住看她。后来这些悠闲的人越来越多了，他们围观她，但又礼貌地保持一段距离，他们间或对她指指点点、议论几句，大部分时间就呆呆地看着她，好像弄不明白怎么回事似的，新来的人总是问："怎么回事？怎么了？"待了解了事情原委就加入呆看者的行列，似乎好奇心还没有得到充分满足，或者想看看后面是否还会有什么有意思的事情发生。这时一个骑三轮车的人过来了，玻璃美人像抓住一根救命稻草："大叔，您帮我打个电话行吗？要不用车把我带到前面的路口也行……"中年男人回了句让她一辈子都不能忘的话："姑娘，你慢慢爬吧，爬到前面路口就有公用电话了。"然后就头也不回地离开了。

　　玻璃美人知道自己必须得爬过去了，她时而昏迷时而清醒地在地上爬行，一寸一厘慢慢移动血肉模糊的身体，围观的人也耐心地跟着她一寸一寸移动，一百米的路爬了多长时间她已完全没有概念。路口有电话的杂货店店主是一个小伙子，玻璃美人用尽最后的力气说："我能……打电话吗……我没带钱……"小伙子见状忙帮她叫了救护车报了警，她昏了过去。

玻璃美人的妈妈来医院之前还怒气冲冲的，准备回家一定好好教训玻璃美人一顿，过去把她惯坏了。等来到医院看见玻璃美人血肉模糊、面目全非的样子，她惊呆了，好长时间没说出一句话，过了很久才慢慢哭了出来，由弱渐强，最后是嚎啕大哭，哭得掏心掏肺、肝肠寸断。她忽然第一次发现自己是个母亲，第一次感觉到玻璃美人是她的女儿，是她生命的延续，是她的替身，甚至就是她自己，玻璃美人是她多么多么美丽的女儿呀……

玻璃美人的康复过程是缓慢的，她的生理、心理都发生了质的变化，这是一个摧毁击垮和重新拼接、重新成长的过程。她一直拒绝理睬她的母亲和继父。她整天昏睡，偶尔醒来也是望着天花板发呆。直到后来的一次中医治疗，她的身心开始回转和苏醒。

那天治疗中，她忽然发现自己身上有气流动的感觉，这种感觉很新颖，它深深地将她吸引了过来，像她人生的一个出口，顺着这条通道，她找到气功，由气功找到武术，然后一发不可收拾，她突然明白自己想干什么了，她渐渐有了精神，她活过来了。

对于玻璃美人来说，在人生的赌局上，她还有茁壮的生命，它如花儿一样顽强地绽放，一切如神般降临，从未有过的新生阳光，强大力量。

面对愧疚的母亲，她开口的第一句话就不容置疑："我不上学了。"玻璃美人刚读初中一年级，她的这个想法一出，母亲很难认同。玻璃美人的后两个要求是：一、她要拜名师习武；二、她要足够的可以自由支配的钱，并不再与母亲住在一起。玻璃美人对母亲说话惜字如金、斩钉截铁，母亲最终只能一一同意下来。她内在渐渐积聚的一种力量日益显现。一次，继父偶然与玻璃美人碰了面，玻璃美人表情轻松不动声色地看了继父几眼，继父顿觉不寒而栗，那种恐惧和不安在他心底压制不住地顽强生长，像雨后的麦苗，像烧不尽的野草。他一面尽力掩藏这种让他羞于承认的感觉（他第一次发现自己竟这么害怕一个人，而对方不过是个十几岁的小女孩），一面不断向玻璃美人的母亲示好。后来更是用各种借口躲开玻璃美人的视野逃之夭夭。在他眼中，玻璃美人是危险的女中学生，带有野蛮、偏执、疯狂的情绪，不知她会干出什么，她的目光令他恐怖。

　　自然，青春期的少男少女往往带有某种不确定的危险色彩，因为不计后果，因为充满激情，因为疯狂，因为不按成人的牌理出牌，更何况一个身心两方面都从地狱炼过一个来回的玻璃美人呢。

　　玻璃美人用十年时间武装身体和智慧。她学习的绝对不是现在已变成体育比赛套路的中看不中用的现代武术，而是真正的功夫。她吸收各家精华，自成一体，自创一套方式方法武器套路。她总是出人意外，每一招式你都不知她出自何家要落向何处，她的功夫天衣无缝，神出鬼没，没有破绽，依本能而行。她也有暗器，据说是峨眉刺，一种很适合女性使用的器物，人们据此推断她师承峨眉派。但现在她确超乎门派之上，达到自由之境界了。据说她是一九十多岁仙逝的武术大师的关门弟子，师傅临终前将一珍传的古董级铜剑留给她作纪念。这铜剑也存在了她精神深处，成为她精神上的思路和寄托。

　　她凝神沉迷于各种对抗攻击胜出的方式，除诸式古老的肢体斗争还涉及枪支、特种兵等现代军事对抗。刀枪棍棒，飞机汽车，蹦极滑水……在这方面她拥有非凡的天分和感悟力。良好的身体天赋看来得益于她做飞行员的父亲。玻璃美人练的功夫最擅长借力打力、"四两拨千斤"，一支圆珠笔在她手中就足以使人毙命。就像她喜欢的古典舞，水一般柔软却钢一般坚硬。

　　十年后的玻璃美人外表虽仍如惊人剔透美丽的玻璃，但此玻璃已不是先前易碎的彼玻璃，而是能充当墙壁等建筑材料的，能承载无数人重量的砸不碎的玻璃。玻璃美人与生俱来的看似甚至兼具某种脆弱属性的性感，带着其特有的奇异光彩，在十年后的今天愈加强烈。她的美让人心里发颤，她的美极端眩目。

　　因为经济不愁（母亲给了她充足的钱），加上另有目标，所以在社会上做的各种工作就具有玩票、游戏的性质，如在写字楼、饭店、酒吧打工等。现在的母亲很希望玻璃美人做演员，凭女儿的外貌条件远远超过当年的自己，加上难得的武打功底，成为一个国际巨星几乎是没有问题的，但玻璃美人对此毫无兴趣。十年前的事情完全改变了她，把她的人生引向另一条与众不同之路（玻璃美人很孤独，她孩子般单纯的心灵对自己天生妖娆的外貌缺少足够的认识。而且从与母亲、继父的关系开始就形成了她与男人女人关系的格局：男人骚扰她、女人嫉恨她，就是没有人真正接纳她。就连一卖冰淇淋的老太太也曾莫名其妙、阴阳怪气地对她说一句:"你长得美嘛,你年轻嘛!"所以当向东竟能让她感受到温暖的友谊、无私的帮助,向东便成为她的世界中最美好的事物,她全部的爱情被向东点燃,一发不能收)。

　　玻璃美人真正的工作实际上是:发现与惩罚。白天她在各种冲突的场合出现,然后做她十年前无法做到的事情。

　　靠近敬老院的街上,一坐轮椅的年迈的老人与一好动调皮的三岁小男孩打起架来,两人紧扭在一起,看上去不分胜负,别人拉都拉不开。这不在玻璃美人管的范围之内。这一老一小互掐不是一天两天了,有人说那小孩是老头的孙子,有人说小孩与老人一样都是生活在敬老院中的孤、老。小孩生命力旺盛,一时一刻都不消停,让坐在轮椅上喜欢安静的老人烦不胜烦。小孩也不把行动不便的老人放在眼里,他觉得自己更有力量。两人还因一些事情互不相让,比如一块糖。老人觉得他和小孩是平等的,他这么大岁数了,小孩应该让着他,至少两人应公平,否则对这种不懂事的小孩就不能客气。玻璃美人想,看来人们所说的"老小孩"大概就是这个意思了。人生是一个循环,一个圆圈,从出生到死亡,靠近死亡,人也"返璞归真"了。

　　下面这种情形她是要拉架的:批发市场上因买卖的纠纷,两男人与一女人对打。女人毫不示弱,以与男人同样的姿势去打男人,鼻子被打出血了。这女人四十来岁,穿着男人一样的制服,留着男人一样的短发,样子较健壮,但还是吃了亏。

　　最近她发现几起打架"流行"这种:更年期老男人与年轻女人

组合。有点像公公打儿媳妇，地点有的在菜市场有的在街头，有的确是公公与儿媳妇，有很多则不是。老男人对着年轻女人拽呀拽，拽得女人身体变了形衣服变了形，然后出拳，把女人肉色的皮肤变成紫色、青色乃至血色。老男人还对着女人掐呀掐的，那双枯黄的老手掐住女人胳臂和手腕不放，眼看着女人的皮下脂肪在老手的作用下变了形状还是不放。老男人大多一副教训年轻女人的姿态，一副我就看不惯你的姿态，一副打你你能把我怎么样的姿态，一副终于找到发泄途经的姿态，女人多是不服气却只能占下风，要反抗却没有能力，脂肪比重大于肌肉的身体在打斗中处于明显的弱势。遇到这种情况，玻璃美人一般都是先走过去，如果男人此刻有收敛和愧意也就罢了，但这种情况很少甚至基本没有，大多数老男人见了玻璃美人不仅不会收手，反而想借口迁怒于她而试试玻璃美人的"手感"。这就怪不得玻璃美人了。玻璃美人对这些不懂得自尊自重的老男人下手并不重，基本以"使他很难看"的方式收拾他。如抽他耳光，当然是一巴掌就能抽出血的那种。或用脚抽他，是一脚现青肿的那类。她还常常帮助被他打的女人亲手回击他，让他无地自容，以后不敢再这样。

  在十字医院前还看到这样一种：一个三十多岁的男人公然欺负一对母女，母亲五十多岁女儿二十多岁，母女向男人理论，男人一脸无赖相：我不仅不讲理我还要揍你呢。女孩要报警男人追着她就要打，女孩吓得边跑边叫。光天化日之下，旁观者不少，无人干预一下。玻璃美人跑过去对着男人飞起就是一脚，男人一屁股摔在地上。玻璃美人："你很不要脸，是吗？女人很好欺负，是吗？"男人开始还想反击，一两招之后马上只有讨饶的份儿。玻璃美人要让他明白，一切事物都是有底线的，不该做的事情是不能做的，有的行为不能有，否则会有人纠正他。

一长腿高个模特样的漂亮女孩在与一矮小龌龊男人的对踢中吃了亏。女人在这时显得那样无力和充满悲剧感。他可以公然无理地肆无忌惮地欺负她。这种画面显得无可救药地丑陋。这都在玻璃美人解决问题的范围之内。

也有主动撞到玻璃美人手里来的，这种情况不少，因为单从外表来看，玻璃美人让那些自以为是的男人觉得脆弱而诱人，是最好的袭击和欺负对象。常见的是性骚扰，遍及各种场合涉及各色人等，结果玻璃美人会让这些人一辈子对此心有余悸。其中有一四五十岁的秃头男人在公共汽车上试图性骚扰未遂，反被玻璃美人用伞柄撞痛，秃头恼羞成怒："信不信我抽你丫的！"玻璃美人心想：世上到底有多少这样肮脏丑陋不配活在世上的男人呢？真的有这么多吗？接下来还有让人意外的事呢，一脸色苍白憔悴的中年妇女也过来骂玻璃美人，原来此人是秃头的老婆。她是真的不知她男人的陋行，还是装作不知，是不愿知道还是明明知道才对玻璃美人愈加愤怒，她觉得她终于有机会一泄对年轻女人的嫉恨和对生活的不满？玻璃美人想：这是一个没有灵魂的女人，这是一个对生活灰了心的女人，不懂得自尊也不懂得尊重他人，只是沉下去，和她猥琐的丈夫一起沉下去，她的张牙舞爪如此空洞无力，她的叫骂仿佛是她反抗生活的救命稻草，是她下沉过程中的一丝挣扎。也许年轻时她也曾娇羞有礼？

玻璃美人是下车后才"抽"了秃头的。本来她并没理睬那已被生活折磨得失去了人形的女人，但秃头的老婆并不想放过玻璃美人，她歇斯底里地扑上来像要把玻璃美人当作生活一样撕烂。玻璃美人一抬手，女人就像破布一样飞了出去，半天爬不起来了。"抽"秃头基本用脚，几下子秃头就现了可怜巴巴的本相，夫妻俩向玻璃美人充分诚心地道歉，并表示再不会这样对待别人后，玻璃美人才放过他们。

晚上，玻璃美人常四处寻找犯罪的痕迹。每收拾完这些人一次，看他们的面孔短时间变换了各种颜色，一会儿红，一会儿黄，一会儿白，一会儿紫……阻止他们作恶，触动他们心灵，对他们以后的行为产生威慑……玻璃美人就会回到她在现代城的小家，燃起一支粗粗的古巴哈瓦那Cohiba雪茄，当纯净的烟草味轻盈地弥漫在她的周围，她感到充实而温暖。

玻璃美人发现：有的人是这样，他只吃关于"强硬"这一套，如果你露出一丝柔软，他就会打你，落井下石并踏上无数只脚。他像一原始动物，显露出原始的本性，他适合被人牵着鼻子走，欺软怕硬不知好歹。她总结到：有的人有时需要像狗一样被训练。

玻璃美人云：一个贤妻良母的最好修养是学会武打功夫，这应是女人的必修课，它是调教男人的良好方式。

玻璃美人还有一个爱好，就是喜欢扮成各种人的样子在不同的场合出现，她购买了影视化装造型用的诸式道具：假发、膏药等。她有时扮成男人、老人、中学生、孕妇，有时假装乞丐、打工妹……在扮演各种角色体验不同生活中获得乐趣。也许这是母亲作为演员基因遗传的变种吧。

经常有那种一见玻璃美人就狂追不舍的"情痴"。玻璃美人甩掉他们的方式就是用这种化装术，装扮后的玻璃美人站在追求者面前，追求者基本上认不出来，他不知眼前的这个老乞丐、歪嘴或瘸子，就是他日思夜想让他害了相思病的玻璃美人。玻璃美人在这时常常会看到"情痴"的另一副截然不同的面孔和她此前从未见过的模样，如粗鲁无礼、恬不知耻、欺负弱者等，人性的复杂呈现、人生的多重样式是她有兴趣和试图了解的。

有人觉得玻璃美人的生活方式倒更像真正的行为艺术。

赵明就是玻璃美人狂热的追求者之一，他第一次这么彻底的寻死觅活地痴迷一个人。玻璃美人不理他，他就想尽办法跟着她接近她，他最先发现了玻璃美人的秘密：晚上总是出去找人"打架"。而且因为后果往往很严重，玻璃美人常面临在警察局的滞留，赵明就第一时间找向东把玻璃美人弄出来，这样常常不等玻璃美人的母亲去疏通关节，玻璃美人就没事了。但玻璃美人并未因此对赵明动心，她喜欢上了向东，这是除父亲外第一个让她感觉美好的男人，原来男人也可以如此纯洁如此正直如此真诚如此绅士如此高雅如此完美。

玻璃美人尽力参加有向东出现的一切活动，看到这个美好的男人，她的心也一点点温暖起来了。

随后，玻璃美人获悉向东的挚爱是西西，她第一次体验到难以名状的复杂情感，第一次明白了情敌的含义。西西就是她的情敌。她发现自己讨厌西西，真的非常非常讨厌。

第三章

Chapter 3

摩擦力

摩擦力

赵明见自己的全情投入没有回馈，玻璃美人喜欢的是向东，就天天在家醉酒酩酊，甚至想自残。

他想起他的一哥们儿因失恋切下了自己的小拇指，将之偷偷埋在女朋友的花盆里，后来还做了许多关于他残缺的手的行为艺术。他看了看自己的手，他没有把刀切下去。

一些日子过去，这天，他一觉醒来发现自己恢复了常态，就好像刚刚染过了流行感冒退了烧，或出过麻疹有了免疫。

赵明参加艺术活动时又见到恋着向东同时又被许多男人垂涎的玻璃美人（有个写诗的男孩自视甚高，加上刚读过莎翁的《仲夏夜之梦》，看见玻璃美人与向东正在交谈，就写下了这样的笔记：很显然他是一头驴子，而她是一个天使，美丽剔透晶莹，令人不忍触动，但为什么她与他谈兴甚欢，脉脉含情，如果这目光的五分之一能投向我，该多么幸福。现在再看那头被幸福包围却不知晓的蠢驴真令我气愤。这只有一种解释，那就是她把早晨碰到的第一头驴子当成了白马，而对我这真正的白马却视而不见），内心备感不舒服的他回家后想出了一个主意。

玻璃美人发现不对劲是在几天后。有一天，一个艺术家打电话给她，先是吞吞吐吐，之后表示他知道她想知道的东西：圈子内各艺术家和艺术活动的一切事情。玻璃美人觉得莫名其妙，她并没想知道什么事情，他为什么这样说呢？她问他为什么，他就讪讪地笑了一下，然后挂了电话。过几日又有一艺术家给她打电话，说他愿配合她。再后来玻璃美人参加艺术活动，她发现人们用戒备和异样的眼光看她，有的艺术家躲她很远，有的艺术家则不自然地热情地讨好她。接着又陆续有艺术家打电话给她，表示知道艺术圈的事情或希望加入她。这时她才明白，原来艺术圈中已经传开：神秘的玻璃美人是某机构派来的间谍，是专门来监视艺术家、探听艺术活动情况的。这让玻璃美人觉得很新鲜，原来还有这么一回事，这是她用脚也想不出来的。

玻璃美人第一次发现世上的事竟真能荒谬得如此离谱如此可笑，黑能被说成白的，鹿也是能被指成马的。

另一方面，玻璃美人是这样想的：有什么机构闲着没事愿意做这样毫无意义的事情呢。她虽是门外之人却有这样一种无比真实的感受，现在艺术最大的问题是缺少真正的创造力，而不是其他，是放开手脚艺术家也创造不出好东西，很多所谓的"前卫艺术"是自欺欺人的小儿科，任何一个人随便都可以做得到，自娱自乐罢了。她看不到什么让她动心吸引她的艺术，包括向东，她并不喜欢他的艺术，她仅仅被他本人所吸引。

玻璃美人向艺术家们解释没有这回事，人们表面表示理解，但她发现人们并没有真的相信她。不寻常的艺术家的电话还是接连打来，她无力改变。

待一个人在深夜燃着Cohiba雪茄想到这件事的时候，她忽然发现一个问题：如果她真的是所谓的间谍，那这么多给她打电话的艺术家算什么？他们作为艺术家的独立人格在哪里，他们作为一个人的人格在哪里？想来想去，玻璃美人决定离开：一是因为向东爱的是西西不是自己，二是因为她不想看到一个个曾慷慨激昂的艺术家就此在她面前现了形，她更担心有一天向东也会给她打这个电话，尽管她百分之二百相信向东永远不会这么做。

回想向东、赵明的圈子所及，玻璃美人看到不少奇观：如神经错乱的以大师自居的文学青年；外表极端朴实木讷的文学骗子；外貌丑陋却整天自恋地以为所有美女都爱上了他的男作者等。

巧的是这几种玻璃美人还大致遇到过：那个叫王木墩的，像他的名字一样淳朴诚实却骗过了文学圈所有千精百怪的灵魂，在刮过一阵"木墩旋风"后，在人们不及反应、无法相信的错愕中消失得无影无踪。那个把自己当成人类精神领袖的人，在自己印制的作品集上将自己生活中鸡毛蒜皮的小事都当成具有历史意义的大事。如：某月某日他与某女孩去登山；某月某日与某女孩又去登山；某月某日这女孩没能有幸与他登山，是另一女孩因与他登山而将名垂青史了；某月某日他的疮犯了，这将是一件影响世界的大事；某月某日他的疮好了，这是文学界之幸。受此风延伸之影响，那个胖胖的白白的不小心会让人误以为是怀孕妇女的男作者，走路兼具企鹅、鸭子混搭之风范，此男见过玻璃美人一次，礼节性地说过一次话，就对别人说玻璃美人爱上了他，想嫁给他而不能，痛苦得要自杀。"太有才了"，这是人们一直以来送给他的名号。见过一面与要为这大白胖子自杀，玻璃美人怎样也无法在两者之间建立因果联系。太不着边际了。这种毫不相干的大跨越是怎么跨过去的，玻璃美人也被这胖子逗笑了，她为这胖子的想象力叫绝，为那两只粗胖的短腿竟能跨此一步而为之心惊：太险了，是怎么过去的，小短腿万一蹦不过去怎么办。

赵明身边有两个朋友是这个样子的：如阿B，他一本正经地对朋友说结婚是为了"经济"考虑。既然年龄已到了不能没有女人的地步，那么结婚显然更经济一些，给老婆的花费与未婚随时找女朋友的花费相比当然少得多。他说，我可不能这么长时间地不拥抱什么人，现在这样的年纪，又没钱，除了抱老婆还能抱谁呢。他说：每闻到西瓜味儿的时候，他就备感痛苦，因为这时女孩都穿得很少，现出诱人美丽的身材，而这些又不属于他，所以一到这个季节他就非常痛苦。他说他常常想做出忙碌的样子，结果却还是忙碌不起来，结果还只是与朋友见面聊天。

阿B本人是个极紧张严肃的人，他见到生人总是很紧张，与朋友久别重逢，高兴的表情就是面无表情，只是面部肌肉抽搐几下，与人熟了后才可放松。不熟的时候他说话也有点愣愣的，不讨人喜欢。初见他的人见他一声不吭不理人以为他很傲气，其实他是很紧张，甚至自卑。紧张时他说话会语无伦次。例如，尽管你一再表明你刚看过一个展览，他也会机械地问你看过那个展览了吗。阿B自己一点也不幽默，但在别人看来他这个人的行为语言浑身上下随处都是一种幽默。

那个叫老D的，四十多岁，还是一条光棍儿，平时少言寡语，偶有人提到中医，他才立刻来了精神，滔滔不绝。他总是自己熬中药吃，他与一些老中医、老太太有许多话题。他过去在飞机场做修理工，没事就在小纸片上胡乱涂抹，终于有一天他认为自己应该画画，于是辞了工作整天画画，属抽象类作品。他是本地人，但无处可住，目前在一个单位看门，睡在收发室的沙发上。有段时间，他曾追求一来京流浪的女孩，未遂，他越来越像一个懂中医的老太太了。

而艺术圈中激烈的派系斗争、五花八门愈演愈烈的无聊的口水仗，更是彰显了其江湖本色、笔林奇观。

玻璃美人换了自己的所有号码，离开与向东们有关的一切，继续她的"发现与惩罚"和角色变换的游戏。

玻璃美人的行动很有效，在许多城市，夜间袭击单个人的案件开始减少。最初是袭击年轻漂亮女性的案件减少，因为流氓们怕撞上玻璃美人；后来她又化装成老人、男人、职员、乞丐等各色人等，吃了亏的流氓们后来对袭击任何一个单个行走的人都有些犹豫了，因为那很可能是玻璃美人下的套儿。专门吃这口饭的人出门作案前都要占卜一下，或祈祷神灵保佑不要遇上玻璃美人，甚至更搞怪的是有个别流氓竟供奉玻璃美人的画像，然后在画像前念念有词："万寿无疆的玻璃美人大姐，小弟上有老下有小，要养家糊口，完全是被逼无奈，求您高抬贵手，保佑我不要碰到您,如果碰到了您,请您留小弟一条生路,小弟给您磕头了……"她成一民间传奇。

赵明对自己制造的谣言产生了效果感到满意,心里舒服了一些。

在赵明为玻璃美人寻死觅活的时候,小萍一直在他的身边。
说起来两人还是老乡,只是赵明的家在镇上,小萍家在乡下。赵明并不曾记得小萍,但赵明曾是小萍的一个梦。那年小萍刚上高中,利用假期去镇上卖鸡蛋,路过一个小广场,见一群人围在那里,挤过去发现是一与自己年龄相仿的男孩正在弹琴唱歌。他的一切都让小萍感到新鲜。他的头发长长的在脑后系成一个小辫,脚蹬一双大头皮鞋,身上是一件旧旧的黑皮夹克,虽然有些瘦弱但显得与众不同。他唱歌的声音是咆哮的,声嘶力竭的。小萍从未见过有人像这个样子。她发现自己被莫名地吸引了。听说男孩在这里卖唱是为挣足去都城的路费,小萍把身上仅有的一点钱拿出来,放进男孩跟前的钱盒。后来男孩不见了,听说去了都城。这男孩就是赵明,他连同都城一起成了小萍的一个梦。小萍下决心要考上都城的大学,去见这个她心中的男孩。

小萍家有三个孩子,她是唯一的女孩,排行老二。在农村,男孩才是家族的希望。从小她就知道一切要让着哥哥和弟弟,干最多的活,吃最少的饭,穿最差的衣。她不在乎吃苦,只希望父母能让她念完书。但对一个贫困的农家来说,这正是一个最大的难题。读完小学父母就不想让她念了,小萍的学习成绩门门都是班里的第一名,小萍的老师们多次上门做她父母的工作,小萍用假期、用业余时间拼命为自己挣学费、为父母干活儿,这才上了初中、高中。但高中以后家里发生了很多事情,她只能中途退学,上大学根本没有可能了。首先是小萍父母改造荒山承包果树,刚有收获就被撕毁合同,被剥夺了。

之后是哥哥的事。哥哥是家中长子,虽然对读书不大擅长,但身强力壮,老实憨厚,农活儿干得好。那天哥哥去镇里买化肥再没回来,父母到处找也找不到。后来法院来消息说,哥哥杀了人。接着,哥哥很快被判了死刑并执行,整个过程效率极高。枪毙之前,爸妈赶去见最后一面,高大强壮的哥哥此刻脆弱得像几岁的小孩,他痛哭流涕地对父母说:"我是被冤枉的,我没杀人,我真没杀人……爹、娘救救我,救救我!"在他被民警带走的那一刻,他还回过头绝望地喊着:"娘,娘呀,救救俺!"也许他被行刑的黑布蒙上眼睛的时候也这样叫着,他是在向母亲的求救声中被结束生命的(三年后真凶落网,小萍才知道哥哥真的是被冤枉的,但父母弟弟已没法知道了,一切都来不及了,什么都来不及了)。

就在全家还没从哥哥的伤痛中回过神来,又一件事发生了。

小萍兄妹三人中,小萍和哥哥长得近似,有点黑有点壮,像一些在农村生活的人一样,脸上的皮肤总像没洗干净,只不过哥哥个子高大,小萍却矮,而且有点胖。平心而论,如果不是小萍总是给人谦虚憨厚笑脸迎人的印象，她的外貌会让人觉得丑了一些。弟弟却不同，肤白唇红，眉清目秀，加上聪明乖巧，学习成绩优秀，备受家人宠爱，是父母的寄托和希望。弟弟年年被评为三好学生，这年又是如此，不同的是这一天，他要去县里参加全县优秀学生表彰大会，他不仅要和同学们一起为参加会议的各级领导表演节目，还要代表学生发言。这是哥哥出事后，全家第一次这么高兴。母亲连夜为他赶了一件新衣，煮了几个熟鸡蛋，包上几个白馍，家里人站在村口送他好远才回。没想到这是与弟弟见的最后一面。县里的礼堂着了火，当大火窜出来的时候，现场一片混乱。本来弟弟处的位子很适合逃生：离出口卷帘门最近。弟弟是个好学生，他很听话，尤其是老师的话。他于是让领导先走了，他十岁，上小学四年级，他的生命永远停在了这里，被浓烟熏倒离开这个世界。

事情一出，小萍的父母彻底垮掉了，几天不吃不喝，不言不语。他们的眼睛不再清晰，对世界的感受只鳞片爪，大脑生了厚厚的茧子，欲求压抑在他们曾有梦想有灵魂的眼里；一切不自知的不自觉，一切无法左右的被动，仅有的余存的一丝希望的影子；无法满足的欲求在一点点使他们的人生归于静寂。

他们责怪自己总是教育弟弟要听老师的话，如果弟弟不是那么乖，那么听话，根本不会死的。后来父亲开始喝酒，大口大口地灌，时间不长就死了。父亲一死，母亲先喝了农用杀虫剂，但没有死成。母亲只好跳了河，母亲如愿随父亲、弟弟而去了。不到一年的时间，就成了这个样子。小萍办完家人的后事就倒在山后的地里了，她痛哭，她昏睡，她觉得自己很累很累，看着天上的月亮，她想知道自己活下去的理由。为什么老天对她家这么不公平，为什么她只能过这种苦难不堪的生活。在地里躺了两天两夜，她想起了那个唱歌的男孩，她觉得自己应该活着。她要离开这让她沉重得喘不过气的家乡寻找出路，她要忘掉这一切，否则就没法活下去。小萍于是将家里剩下的东西变卖，凑足路费去了都城。

对小萍来说，在都城活下来并不很难，她能吃苦，做事认真勤勉，加上外貌带给她的安全，长得毫无危险性（没有男人喜欢她的同时也意味着没有男人骚扰她），在克服初期对城市的不适后（最困难的时候她曾捡破烂、乞讨，也曾因做流动小摊贩被城管追拿，受过各种欺凌和侮辱），她稳稳当当甚至如鱼得水地生活了下来，在这里再苦再累也比在家容易多了。

因为听说搞艺术的人大都聚居西村、东村，小萍就去这些地方打工。

小萍从不认为自己见不到赵明。

小萍竟真的见到了赵明。赵明的概念里没有小萍，小萍的全部幻想是赵明。

见到小萍那天，赵明已经一天多没吃东西了。

那是赵明最困难的时候：成立的摇滚乐队解散了，朋友四分五裂。他只好到处找酒吧、夜总会弹琴唱歌养活自己。这种地方竞争很激烈。有一天，他好不容易找到一酒吧的工作，很高兴，就找来朋友一起庆祝，没想到第二天去酒吧工作时，老板说工作已给了别人，因为人家愿意拿比赵明低的酬劳。赵明发现这个"别人"正是前一天与他一起吃饭的朋友。他把好消息告诉朋友，朋友就抢了他的饭碗。那时候住在西村等处的文艺青年过的是这样的生活：头天还在名流云集的某国大使馆参加鸡尾酒会，第二天就可能饿着肚子露宿街头（或因无钱付房租被房东赶出，有一女孩曾因此被男房东毒打）；前天还在某著名高等学府搞展览做演唱，享受大学生崇拜的目光，后天就可能因没有暂住证被警察抓走遭返原籍。大家互相借钱互相蹭饭是一种常态。

这一天多的时间，赵明没借到钱也没蹭到饭。其实赵明还有一个方式可以养活自己，那就是在地铁通道或其他地方卖唱，但他已很久没有这样了，他已不习惯或忘记了这个方式。当时圈里流行找个外国女友或白领女友供养自己和自己的艺术。

在小萍打工的小餐馆赵明要了一碗面，他想吃完再说，钱先欠着，没想到餐馆的老板不同意，一定让他先交钱。老板是一三十多岁的女人，精明世故，像能看穿所有人的内心。小萍替他付了账，他算欠着小萍钱。后来他没钱的时候就来小萍这里吃，他能感觉到小萍为他付钱的原因，他觉得心安理得，甚至觉得自己有点亏。有一次喝多了，他与小萍发生了关系，后来就成了小萍的男朋友式的人。但他从不承认小萍是他的女朋友。他把小萍训练得很好，他想来就来想走就走，小萍不能有一丝异议，他喜欢哪个女孩，小萍都只能提供帮助，不得嫉妒。小萍都照做了，这就是他和小萍还能维持某种关系的原因。

赵明有过几个同居的女友，其中流传最广的是这么一件事：

一次，几个人在一起喝酒，赵明摔酒瓶子耍酒风，结果碎玻璃溅起划伤了一个女孩的手，很大的一个口子，鲜血直流。赵明却看着不管，别人看不过便张罗送她去医院。送往医院的车上，满手鲜血的女孩心里寒冷孤寂无助，想有一点温暖一点安慰，她对赵明说："握着我的手好吗？"赵明表面上"哎哟、哎哟"地虚与应付，到了医院就找借口溜了。

有人说其实两人好过，女孩还怀了孕，被迫去医院做流产，又没有钱，赵明甩手不管了，因为他觉得自己没能力管。那段时间，他经常接到女孩打来无助的电话："哥哥，哥哥，我要死了，哥哥，我要死了……"赵明很受刺激，但还是狠心抛弃了她，他知道她死不了，尽管当时她仅仅十九岁。

后来有人见女孩画着浓艳的妆，后来女孩剃了光头，后来她消失在茫茫人海，后来听说她变成了个女同性恋者。

赵明追求玻璃美人时小萍为他出了不少主意，失恋时小萍一直在他身边。小萍看见赵明就觉得幸福，赵明看见小萍更多的是不耐烦、不理睬、斥责、随意使用。在赵明追求玻璃美人失败并报复玻璃美人的日子，是赵明和小萍关系相对稳定的日子，是小萍感觉最幸福的时期。受赵明的影响，小萍接触了点滴与艺术有关的事情，如，学会了使用DV机等，有时还能帮些小忙。

小萍与西西的关系有点儿渊源：西西碰到的一个问路的女子正是小萍的表姐。

那天，西西路过一个有军人看守的大院时，看见一乡下女子向军人问路，问的是信访机关的方向，军人将信访机关的相反方向指给了那名女子，西西忙过去告诉女子正确的方向。然后她问军人为什么要指给人家反方向，年轻军人笑嘻嘻地说，那人是来上访的，找到地方也要被送回去。西西说，人家大老远跑过来很不容易，你怎么能让她再走冤枉路呢？西西说，你家在农村吗？军人说，是。西西说如果是你的家人，你还会这样吗？你这么随便一指，她人生地不熟的，得费多大劲儿。军人心想，这不不是我家人么。不过他不笑也不说话了，好像还有点觉得理亏地脸红了。

在与女人的交谈中得知，她有一个亲戚小萍在都城，但她找不到小萍，因为小萍自父母兄弟死后独自跑到都城，与村里所有人都不再联系，也不知她是死是活。西西通过赵明认识了小萍以后，突然想起这件事就问小萍，小萍说那女人正是她的一个表姐。

小萍没有对西西说太多表姐及她家乡的事，她不愿意提，自己也想忘掉。她对西西说自己正在学习使用 DV 机，有机会可以帮西西拍作品。许多人对小萍的印象都不错：朴实、憨厚、勤勉……西西也不例外。几乎没有人知道小萍家里的苦难，也没人看得出小萍心中的真实想法，她任何时候带给人的都是那张纯朴农村人的笑脸。小萍的心事没有人猜得到，也没有人去猜。

不过，最终能与世隔绝地跟着西西拍摄八个月 DV，也是因为之前小萍男朋友赵明的事。

那段时间小萍与赵明的关系相对稳定，赵明没有收入，完全靠小萍打工维持两人的生活。后来有朋友给赵明介绍了一个南方城市的临时工作，能短时间内挣些钱，为他长时间没有报酬的纯艺术补充点物质基础。赵明不是一个愿意收拾房间的人，这一次去南方前他把自己的东西收拾得干干净净，重要的是临走他还冲小萍笑了一下。在小萍的印象中赵明从没对自己笑过。现在这么一笑，一方面让小萍感动得哭了一夜，另方面她有种莫名不祥的预感，这种感觉怎么压也压不下去。几天的心烦意乱之后，她听到了赵明的消息：赵明死了，是到那里没几天的事。

那天下班有点早，赵明一个人在街上走着。后来是两个警察让他出示暂住证，他没有，就被送到一个地方，后来又转到另一个地方，倒了两手很快就死了。其实赵明是个灵活的很有应对能力的人，也有心计，不是一个吃眼前亏的人。也许开头他没预测到事情的严重性，没有把握好的某个小细节决定了他生命的结局。指使打他的人非常讨厌留长发的男人，如果不仅留长发还系个小辫儿那就厌恶得不能再厌恶了，如果不仅系个小辫儿还是个艺术家或自称艺术家、大学生，那就纯属找揍了。打人的三个人是不是并没想真的打死他，仅仅因下手的轻重没掌握好而已？如果在被打的过程中赵明能处理好一些细节，是不是会救自己一命呢，这都难说了。

赵明死后，小萍很长时间都缓不过劲来，赵明曾有一次因无暂住证被抓的经历，没想到最终还是死在这件事上。

那次赵明没有暂住证不是因为他不去办，而是因为负责办证的人不给他办。人家是这样说的：暂住证想给你办就给你办，想不给你办就不给你办，看你不顺眼就不给你办。没暂住证就可以抓你遣送你回去。不过赵明的邻居画家老吴是有暂住证也有短期工作证的，但也被驱逐。幸好一小警察与老吴关系不错，给他通风报信，告诉他在某日之前一定要搬走，因为这天就要开始驱逐租住在这里的艺术家了。老吴说从法律上讲他是有权在这里居住的，因为他证件齐全，而且就是执法部门自己签发的，但他们不管，就是不许你住在这里。老吴说他们这些艺术家住在这里虽然没有为国家做出什么大的贡献，但绝对没有给国家添麻烦，他们自食其力，不靠国家养，自己负担自己，每一分钱都是自己劳动所得，还给国家挣了外汇（因为常有些外国人来这里买他们的画），是对得起这个国家的。他们什么都不求，只想老老实实待在这里画画，因为这里已形成了一个很好的艺术圈，很多人慕名来这里买画。这里有低廉的房租，好的自然风景，方便的生活，更重要的是这里生活着众多的艺术家朋友，大家在一起可随时交流，互相帮助。但这也可能正是他们被驱逐的原因，因为当时有一国际性的大会正要在这个城市召开，怕这些不受拘束的艺术盲流们造成不好的国际影响。

赵明说有人给他算命说某某天他会交好运，结果正是那天他被抓。

在这次事件中：有人告密，有人专门被盯上了，有人幸灾乐祸，也有人试图搭救。画家们被抓走时，有幸逃脱的两个人在路上相遇，一个骑着车很高兴地大声招呼另一个人："他们都被抓走了，太好了，走，我们玩儿去。"被另一个人骂了一句，然后忙着去找关系营救了。

　　那次被抓之后，赵明变化很大。他对小萍说，现在他发现艺术是不重要的，甚至钱也不重要，重要的是有权势。活着、保障自己的生命是最重要的。赵明也算个一直在社会底层爬滚的人，但这一次被抓的经历还是对他刺激很大。他曾长时间活在没有尊严的生活中，但从未如此彻底地感到做人的尊严被践踏。这里的餐饭是用大卡车装的，一车窝头一车汤，窝头硬得能砸个洞，汤寡淡得像涮锅水。车上有负责发饭的人，一人的定量是俩窝头一碗汤。起初，他们还一份儿一份儿地给大家发，后来累了不耐烦了，就将一堆窝头向人群中扔，将汤向地上一扬。人们不顾自己被窝头砸痛，蜂拥去拣地上的窝头，用手去搂地上的汤喝。还有打人，警察是不会动手打人的，都是被关在里面的人的"头儿"指使底下人干，这里随时有人挨打。那次赵明还算幸运，因为里面的头儿与赵明是一个省份的人，而且这里的警察也没为难赵明这些搞艺术的。

　　小萍想不明白，赵明应该是有经验的，为什么最终还是吃了亏，且是致命的大亏。也许他低估了自己让别人觉得不顺眼的程度。他可能感到有人觉得他不顺眼了，但没想到是那么严重的不顺眼。

　　说起来，赵明的生活是很原生态的，命运总是在他的生活中显露最真实的痕迹。他家的男人都遇到过车祸，都被撞得七零八散。他的父亲、大哥、二哥都出过车祸,而且不止被撞过一次。他的大哥更奇怪,大哥的老婆总是横遭不幸,他的第一个老婆二十多岁无病无灾地无端死去;第二次结婚远离家乡,老婆开个小店被人打劫,因反抗被人用枪打中腹部,经入院治疗捡回一命,伤好出院与邻居好友聚会,正喝酒庆祝时又闯进来另一拨歹徒,歹徒把他们都绑了起来然后抢劫财物而去。

赵明遇见小萍前有一次在住处被莫名其妙地袭击。他租住在这个平房中没招惹过什么人,没有任何惹是生非的基础,但事情就这样突然发生了。当时他正在家中窗台的台灯下读书,突然邻居敲门告诉他说,刚才有人俯在你的窗前看了很久,你要小心。他感谢邻居提醒,便拿支烟给邻居抽。正在这时门外忽然停下一辆白色小汽车,从上面呼啦啦下来好几个人,冲向赵明及其邻居就是一顿猛揍。赵明被打得昏迷过去,右手小指的一根筋被打断,小手指直不了了,头部也被打伤。这件事一直是个谜,没有破案。

赵明说他白天不喜欢睡觉,无论多困都要挺下来。因为有一天,他白天睡觉傍晚醒来,觉得心里很难过,看着天边半落的夕阳,他有一个强烈的感受:不知自己是谁,从哪里来到哪里去,不知自己在哪里。他觉得自己没有归宿,他与这个世界似乎没有一点关系。

赵明之死是个意外,但被抓的起因知道了:那个地方的警察为创收,大批量抓外地来此还来不及办暂住证的人收容(甚至去火车站直接拦截,有人因此没道理地被关了八个月,还被诱交了罚款），罚以高额的款项，被打死的是少数，但还是有的，赵明正是其中之一。赵明死后，相关犯罪人员受到了惩处。

赵明的两个小老乡过来了，给小萍留下一点钱，请她帮忙给赵明哥买束花。小萍执意不收，她知道这两个男孩大学读下来多么不容易，是靠家里人东挪西借勉强凑足的。但他俩执意要给。这两个男孩曾是赵明家乡的骄傲，因为前后考上了名牌大学。小萍记得第一次见到两人的情景，那时他们刚上大学来找老乡赵明，一健壮一瘦弱，脸上都是阳光灿烂踌躇满志。后来就好长时间没有音信了，偶然碰到一次已完全是另外的样子了，目光暗淡情绪低落。这次赵明死后小萍与两个男孩见了一面，没想到是最后一面。不久就传来两个男孩触犯法律被判死刑的消息。原来，两个男孩毕业后没找到满意的工作，被一小型的私企雇佣了。老板没念过多少书，得到两个名牌大学学生如获至宝，对他们非常器重，常把两人带在身边。因为老板是单身，还常把他们带到自己家中做客。时间长了，两个男孩产生了原来没有的想法：这些有钱人比自己的才能差很多，凭什么他们拥有自己所没有的一切，就因为自己缺少创业的第一桶金，而这些老板的第一桶金都是来历不明的，是肮脏的，甚至是血淋淋的。于是两人精心策划了"创业"大行动：先辞职造成与己无关的假相，再潜回来抢劫老板。顺理成章地，因为怕被发现就杀死了老板。但没想到，老板是杀了，却没拿到什么钱。两人就将目标投向了下一个老板。在准备行动的前几天，案件告破，两人被抓。那个拣了条命的老板心有余悸，从此不敢随意雇佣大学生。

　　人们仔细地向赵明被打得惨不忍睹的遗体告别，本来是要向他本人告别的，但小萍发现已不可能了，那遗体已不是他，灵魂已从那肉体中飞走，留在那里的仅是一个物体，一个空壳，他像蜡人一样的不真实，他被化了妆，脸被红红地涂过。我们这些活着的人都不能真正地理解死亡，无论你哭得多么痛心，看得多么仔细还是不能真正理解它。小萍同大家一起仔细地烧着给他的白花；看着殡仪馆工作人员帮助焚烧着他遗物中一个弓起的箱盖；看着那向高高空中直飞着的烟，试图理解他的灵魂在随之飞向天国。小萍的仔细还在于，在骨灰撒放仪式上，她抓了一把他的骨灰，与花瓣一起撒向麦田。她的手有点颤抖，一点点。他的骨灰温温的还有火化后的余热。与她过去的理解不同，过去她以为骨灰是细细的灰末，以至于从罐中取出骨灰时，她还在想为什么骨灰中掺杂这么多别的东西。现在才知道骨灰就是由这些碎骨和灰组成。这些碎骨是灰色及杂色，让她联想到一些灰白色的中药材、枯竭的芦秆，干干的柴柴的。看着这些骨灰时，她似乎没觉得它是骨灰。

　　我们都不能真正理解死亡到底意味着什么，他在大家心中还是原来的样子。只是我们再也见不到他了。我们告别的遗体似乎并不是他。他到底是走了。如果要明白这意味着什么，还需要时间一点点告诉我们。

后来西西做八个月的行为艺术，需要一个能长时间同她一起与世隔绝的记录者，这样的人不太好找，而心情极糟的小萍觉得这适合自己，就去做了西西的助手。

西西最早一次与小萍有接触是因为有事给赵明打电话，赵明不在家，电话是小萍接的。小萍的声音令西西望而却步，这声音让想象力丰富的西西产生了诸多不好的联想，不友善、深不可测、复杂、工于心计……有缝就钻的蝎子，伺机贴紧你吸你的血，甚至有点官腔，试图控制他人，随时伸缩并伺机偷袭他人。这是一个可怕的人。她不动声色的几句话似乎留了好多尾音，那种势还留在那里，像把伤人不见血的刀子直击人心。西西仿佛看到她闪烁在眼镜片后面的眼睛总是左右转动地看着你，即便她的眼睛不动时，仍给人这种感觉。

西西问向东，赵明的女友是个什么样的人，是不是很可怕？向东大笑着说，见到小萍你就知道她是个什么女孩了，憨厚、质朴，对人很好。

等亲眼见到小萍，西西也觉得自己太好笑了，怪不得向东常说自己神经质呢。小萍根本不戴眼镜，眼睛也不左右转动，没有任何攻击性。

不过小萍的声音与她当面给人的印象确实是极不相同的。外表平凡质朴，声音却世故艰深。但站在小萍的位置上考虑，对一个给赵明打电话的女孩有敌意也是合理的。

西西见到朴实殷勤的小萍，之前电话中对小萍的不好印象一下子被抛之脑后。

八个月回来后，因通讯戒严，西西一时和所有人都失去了联系，包括小萍。

第四章
Chapter 4

我爱释迦牟尼王子

我爱释迦牟尼王子

小眉从西西、向东的艺术展出来，就决定回上东城的家取材料。西西的行为艺术让她产生了设计制作服装新样式的灵感。小眉经常去看西西、向东这些前卫艺术家的作品，每次都能引发她的想象。与西西们不同的是，小眉作品的影响力和传播面要远远大于西西们的"小众艺术"。

小眉是个很有意思的女孩。她从小就喜欢自己动手裁缝衣服给自己穿，她的衣服总是能吸引所有人的目光。如那天，小眉穿着露着两个圆屁股蛋的裤子上街了，行走到第五大道时引起很多人围观，这并不让她感觉意外。她知道不久满大街都将是穿着露着两个圆屁股蛋裤子的人们。后来她在自己裤子前面开了个大洞，露出私密处，并将露出来的体毛染成各种颜色。某位奶奶见了差点背过气去。小眉的着装确实惊倒、气倒过不少人，但这些人很快就会因赶时髦或随大流而换上小眉样的装束。那位奶奶也不例外。奶奶是两年后染上体毛的，这时候如果谁没染体毛会让人觉得很过不去、很古怪。甚至人们会有这样的疑问：不染体毛的人也算人吗？有一年，小眉在头上揪了个竖竖的直辫子，不久就全民流行。那位奶奶对小眉的装扮仍旧是看不惯的，但过了一段时间奶奶也高高兴兴地在头上系了个竖辫子，不过这已经是小眉把辫子解下来的第二年了，随后竖辫子就不流行了。在流行全民裸体之后，小眉又是第一个穿上衣服的人，那位奶奶见了显得极为震惊：竟然穿衣服，真是有伤风化，不像话。当然最后奶奶也穿上了衣服。

小眉的父亲很高兴送有这方面天分的女儿去世界一流的学府深造，小眉却似乎兴趣并不大，学了一年就退学了，于是国内国外她就没有什么文凭。现在业余时间她在大学随兴上点成人教育的课。小眉初中毕业后没读普通高中，而是上了一所专门的服装学校，从这时起她的打扮方式就开始引领国内的各种潮流了。

她的兴趣是自己开店销售自己设计的服装。小眉的父亲是国内有名的房地产大鳄，但她只向父亲要了启动资金，就开起了自己的服装店。父亲有时觉得女儿很像自己，比如自立，比如并不把钱看得很重（女儿从小就知道多少钱都换不回她的妈妈）；但有时他又觉得女儿很不像自己，女儿没有自己那么认真，没有自己那么重视结果。女儿好像也是认真的，如她在设计制作衣服的时候。但她的认真就是与他的不同，她没有他那么累，她只是认真快乐地做着玩着，而且还玩得不错。父亲觉得女儿既然有这类天赋，就应去努力成为一名世界知名的服装设计师。小眉并没完全如父所愿，父亲虽不赞同但还是尊重依从了女儿的想法。女儿母亲（自己的前妻）早逝，女儿却懂事而随和，让人备加怜爱，他不愿意也不忍心苛求，女儿快乐就是他的幸福。小眉的母亲是在小眉很小的时候病逝的，那时候小眉父母共创的事业刚刚如日中天，像许多结发妻子一样，小眉的母亲还没来得及享受自己辛苦经营的成果就离开了。

小眉年纪不大却总能引领时尚潮流，而且是席卷全国乃至世界的从儿童到老人一网打尽的潮流。比如有一年她把所有的衣服都反过来穿，起初，这种穿法让人们觉得可笑丑陋无法接受，后来不知为什么就渐渐流行起来，先是这样穿是前卫和时髦的表现，有头有脸的人纷纷这样穿，后来多数人都这么穿了，不这么穿是土气、不合时宜的表现，再后来不这样穿就是令人无法忍受的了。小眉的外貌属于仁者见仁智者见智的那种，有人觉得很好看有人却觉得很不好看。与她时髦有时显得另类奇怪酷酷的外表带给人的误导不同，与她接触的人都知道她是个很好相处很让人喜欢的女孩，她开朗善良宽容随和，她的心比较宽，凡事都往好处想，如当有人瞪她时，她会认为"那人不是在瞪我，肯定是活动一下眼球"。她与什么人都能友好相处，包括她的继母。

继母属国际化背景的那种，毕业于国外名校，与父亲的风格很不相同。这尤其体现在公司经营的方方面面，继母比较"洋化"，用的是她学习过的国际化方式，父亲则"本土"，全部运用他多年累积的本土经验和招式。剧烈的冲突导致两人濒于分裂，但几番下来，父亲使用的在继母看来种种不合规范的奇怪方式却屡用屡中，继母的方式反而不大行得通。继母灰下心来就决定淡出公司专心相夫教子，前后生下了两个孩子。

继母很喜欢与小眉谈论服饰的话题，但在这方面的悟性似乎要差一些，虽然用订制的全套顶级名牌装扮自己，还专门学习过珠宝鉴定,但不知为什么就是差那么点儿意思。继母的女友们都是些"名门闺秀",衣着打扮品位不俗,常常对小眉超前的装扮不以为然或大惊失色,但不久就证明那是新的流行,她们也会换上类似的打扮,不过总是比小眉慢半拍、一拍或很多拍而已。

小眉家虽有多种房产、别墅,但上东城是他们住的时间最长的地方。上东城位于市中心的森林公园,是具有欧式风格的庄园式别墅区。这里溪流湖泊环绕、珍禽异鸟栖息、奇花稀木生长,是喧嚣都市中的世外桃源。小眉的父母很喜欢这个住处,因为这里他们的朋友较多,气氛舒适熟悉。小眉却觉得父母的圈子有些单调,来来往往不过那么点人,唯一新鲜点儿的是与各路政府官员的交往,有点神龙见首不见尾的,不过小眉觉得也没什么大不了,与生意有关呗,正如那天她听见大人们的一句话:"现在重要的生意经是关系,摆平手握实权的人物是最关键的。"

小眉一直对更广阔的世界、更丰富的生活有强烈的好奇。小眉满十八岁就向父亲提出自己搬出去,父亲强烈反对。后来小眉去世界时装之都学了一年时装回来后,又多次要求一个人出去住,父亲被迫同意了。他理解女儿的想法。但他向女儿约定,不能向别人透露她的家庭背景。小眉当然同意,因为她认为家里的一切是属于父母的,与自己无关,自己本来就刚刚起步创业,确实还没有太多的什么。小眉在离自己服装店很近的一个新建小区租了套房,有时也回上东城的家。在上东城的时候她坐家里司机开的车;而在自己租住的小区她常常打的。

打车来到上东城的门口,她又看见了那个男子。二十出头,样子很帅,走在街上属于很赚回头率的那种,他正坐在他自己的车里观望和等待。他跟踪过小眉,但并无恶意,只是想和小眉恋爱并结婚罢了。他在离上东城不远的一家国际大公司工作,年纪轻轻留学归国年薪丰厚,是许多女孩倾心追求的对象。但各类优秀的女孩最终都不能入他的眼。因为他希望找个富豪之千金,还不能是一般的富豪,必须是巨大富豪,这样才能对自己有大帮助。经观察和了解他认为小眉符合这样的条件,就开始追求小眉。小眉觉得这事儿太不靠谱,他只是想同她结婚,但她并不是他喜欢的那种类型,她的模样在他的眼里应属不大好看之列。摆脱他轻而易举,在这方面他显得有些弱智(别的方面又显得过于精明),只要小眉坐出租车回家,他就认不出她,如果她坐司机开的车,也得是极品车才能引起他的注意。现在小眉是坐出租车回家的,所以她根本不担心他会看到她。她想,他要的只是她的外壳,与她本人无关。心里想着,她看了他一眼,发现他正目不转睛地盯着一辆从院内开出的顶级跑车,开车的是邻居女孩,然后他就尾随而去了。小眉知道接下来发生的事就是他制造与邻居女孩相识的机会,然后看能不能结婚。小眉心想这人挺有意思,只是他这样成功的概率能有多大,会不会是白浪费时间呢。

回到家中,得知两个弟弟还寄存在幼儿园未回,继母与几个女友在聊天,她正给女友展示刚从拍卖会上买来的一套千万元左右的玉耳环。继母目前的兴趣是玩玉,收藏玉石翡翠。小眉照例礼貌地向几位阿姨打招呼，她们向小眉嘘寒问暖了一番，就有阿姨问起小眉下一季的流行趋势，小眉回答后，继母和几个阿姨表示有点怀疑，只有一个声音对小眉由衷地赞同，小眉这才发现这个姓关的阿姨她从没见过（后来听说是妈妈的一个女友带过来的），她留给小眉的印象很深很好，很特别。后来小眉回到自己的房间，后来小眉一生都没再见过这个关阿姨。歌云：关阿姨一个转身／关阿姨／充满机巧／关阿姨的眼神／你的眼神／关阿姨……

过了没一会儿，继母就打来电话，说阿祖来找她，正在小客厅等着。

阿祖是小眉的邻居，两人的父母是好友。阿祖与小眉相似，在国外没念几天书就回国了，而在国外的日子阿祖也基本是在寻觅品尝各类美食中度过，因为他实在很喜欢吃。回国后阿祖开了自己的餐厅。在这方面阿祖颇有天赋，他多次引领国内餐饮潮流，最古怪的一次是仅凭白菜豆腐就使自己的餐厅成为最时尚的象征。他是国内第一个打观念、概念牌经营餐厅的人。按说每个人饮食的口味应该是千差万别的，阿祖却有带动别人一窝蜂跟随某种味觉风尚的本事，这就是他的特别之处了。他搞过各种稀奇古怪的概念餐厅，如"监狱餐厅"等等。等别人开始追此风尚，他早走在搅动另种潮流的前头，如他最先做起了"私家菜"等。他的鲜菜坊因采用新鲜绿色食材而名声大噪。他对一些素食餐厅将素食做出肉味的烹饪方式很不认同，阿祖认为食物烹饪贵在将其本真的味道发挥好，鲜嫩的青菜尤应如此，不应过度烹饪，更不应将之矫揉造作地改造成另一种食物的味道，如果你喜欢肉味直接吃肉好了，何苦以素食假扮肉味。在他的鲜菜坊中有的菜仅以开水浅烫，但因原料新鲜质高，极受欢迎。小眉的继母就是阿祖店的忠实粉丝。阿祖的店开得很轻松，开一家火一家。他大多数时间是玩别的，这方面他与小眉有很多共同爱好，如两人都是动漫社的成员，到动漫社活动的日子，两人就打扮成动漫中各种角色的样子去秀一秀，Cosplay 一下。制造恰里恰当、古里古怪或漂里漂亮的衣饰是小眉的常项，所以他和小眉饰扮的形象总是最受推崇。

阿祖经常与小眉秀比时尚，阿祖一度对小眉领导服饰潮流的能力并不服气，总想同小眉试巴试巴。小眉曾垂下两绺头发，不久到处都是垂两绺头发的女人，后来男人也不例外，头发少的甚至粘上两绺假发。那日当阿祖穿着从苏格兰带回的裙子，顶着自己的新发型——垂下两绺的头发兴冲冲地跑到小眉面前秀……他一下子恍然，他的眼前浮现出小眉不久前的两绺头发，他瞬间明白自己在这方面是永远走在小眉的后面。

两人还都是快闪族，就是在网上或以其他方式，数十数百甚至上千人约好，某日某时一齐在某大庭广众之下，齐做某一动作或发某声音然后没等观者反应过来立即散去。如他们参加过身着汉服在银座大街齐喊"啊"的活动，参加过在凯旋门广场集体卧倒的快闪，还参加过在金字塔上集体抬手的快闪等。

小眉偶尔去抱石馆攀岩、抱石头，遇见阿祖，两人聊会儿天儿就接着抱石头，后来两人在这里遇见一大堆朋友，大家都抱石头，然后聊天然后再抱石头。

阿祖与小眉年纪相仿，二十刚出头，比向东小五六岁，但阿祖们和向东们之间已觉得深有代沟，而且好像不仅仅是一代的沟。阿祖看过向东们的行为艺术，这对他的餐厅对他们的快闪都有明显的影响，但好像两者说不到一块儿也玩不到一起。

阿祖经常隔三差五地谈谈恋爱，被某些人称作"泡妞"。如果小眉隔一段时间没见阿祖就知道他一定在和某女孩恋爱，如果阿祖又来找她去"快闪"，往往是刚结束一段恋情。阿祖的恋爱时间不长但频率较高，恋情结束既没见阿祖伤心也没听说过哪个女孩为阿祖伤心，所以小眉称阿祖谈的都是些不咸不淡的恋爱。至于阿祖和小眉之间，则是纯"发小儿"——从小一起长大，死活不来电，非常非常中性。

阿祖有时喜欢喋喋不休地说话。那天小眉把他抻过来又抻过去无数次像抻面条一样都不能堵住他的嘴。巧合：他唱歌时正好她张嘴打哈欠，于是看起来像是她在唱。小眉说她喜欢像小松树一样葱绿的男孩，阿祖说："你看我够不够葱，绿不绿？"小眉说："你白，你不绿。"

小眉来到小客厅，见阿祖正坐在沙发上自调"鸡尾汁"喝（小眉最认同阿祖的一点是阿祖不吸烟。小眉是个随和宽容的女孩，但唯一有点特别的就是对香烟的深恶痛绝，她不能忍受没征得别人同意就公然当着别人的面吞云吐雾者，她认为这样的人已不能仅用没教养来形容。她觉得一个人喜欢抽烟没错，但出来抽烟熏人就是你的错了，如果不经别人同意就在别人面前抽烟熏人更是大错特错了。继母们的聚会上常有不少男男女女在那里若无其事地吸烟，继母和她的女友们也吸。人们都知道小眉不喜欢烟，但不知道她厌恶到如此深的程度。小眉也不愿自己的原因扫了别人的兴致，所以她对某些人群和活动保持距离)，小眉开玩笑道："又失恋了？"阿祖："笑话！少爷我什么时候失恋过！……"小眉撇了撇嘴。阿祖说他昨天开车误入拐脖子根儿胡同，正郁闷之际，忽见一古槐背后别有洞天，这是一古董饰品小店，里面很有看头。阿祖说得小眉眼睛逐渐放光，便决定与他一起去看看。

阿祖经常找小眉一起去做头发（他的发型花式繁多，煎炒烹炸各种方法都被试过了，全是平日少见的货色和款型)、买项链首饰乃至化妆品，两人有时就像一对双胞胎。阿祖对自己的外在形象还处在探索阶段，有时侧重项链耳环，甚或半胳膊的手镯，有时套一身地主服加佛珠，有时是佛珠十字架混搭，也有时一板一眼地西装皮鞋甚或操练起燕尾领结。有一段时间他突然酷爱在自己的休闲西装上兜装饰一块手帕，并每天叠换不同的图案形状，直到一日与小眉见面。小眉正值流涕，顺手抽出阿祖精心叠制的手帕，加上清涕声响的配合，彻底处理了自己鼻孔里众多的分泌物。阿祖顿显花容失色："啊，啊，你怎么能这么野蛮？你，你，太可怕了，太可怕了呀，小眉同志！"第二天阿祖就结束了这种装束。受小眉影响，阿祖的打扮也有某种前瞻性，有一段时间流行的男露脐装（裤子挂在胯上几乎要掉到地上的穿着方式)、矮个男子流行穿的松糕鞋都是从阿祖开始的。还有段时间，阿祖突然对给自己化妆产生了强烈兴趣，是化了一小时却看不出妆痕的那种。他描过眉，并这样向小眉解释：他描眉是向屈原学习、向屈原致敬。屈原就很喜欢打扮自己（有屈原的诗为证：余幼好此奇服兮，虽年老而不衰……），喜欢描眉。屈原时代男人就是描眉的，屈原描的是蛾眉，楚怀王喜欢他，招来宫女的嫉妒，这在今天看来匪夷所思的事，正是历史的真相。小眉没想到阿祖描个眉还会找这么大一借口，也不知从哪儿道听途说的。

阿祖不满意的是自己的眼睛，觉得有点小，所以他随身携带眼线笔。他认为自己的嘴长得最漂亮，很丰满很性感，所以那段时间他时不时从口袋里取出透明唇膏涂抹自己的厚嘴唇，与别人聊天时也不例外。一次还因此与人打了一架。

那天他与小眉在酒吧吃东西，旁边一男人对阿祖涂唇膏的样子很看不惯，且觉得阿祖一定很可欺，就向阿祖挑衅。但见阿祖不慌不忙，认真涂了下自己的嘴唇（目前男人流行这个），之后他站了起来，呼地一拳挥了过去，那人就倒在地上了。事后此举惨遭小眉的夸张形容。小眉说阿祖在打人前不仅涂了艳红的唇膏，还刷了黑睫毛，然后一个眼神递过去、一个兰花指电过去，那人就被刺激得昏倒在地。

与阿祖买完东西回来，她取了做衣服用的一些零件就去自己的租住屋了。

小眉租住的地方属于中高档小区，在这里买房的人多是在国内外大公司工作的白领中产阶层。紧邻小区的是一片老旧的居民楼，里面住的多是退休职工。因为白领小区的绿化环境比较好，老居民楼的人就常到白领小区休闲，散步遛狗聊天锻炼，后来因为狗屎遍地狗主人不收拾、小区内人员闲杂等问题，白领小区与老居民楼的人产生矛盾，前者对后者持不欢迎态度，并一度采取措施对后者进入小区设限，如为白领小区的狗办入门许可证，没有证的狗不能入内等，但因种种原因没能真正实行，只是激起了后者对前者的不满。

小眉在这里居住一年多时间里偶然认识两个人，一个是白领姐姐，一个是白面阿姨。

白领姐姐住在小眉的对门。现在的楼房居民住一辈子互相也未必有什么联系，但那天很巧，小眉的门钥匙不小心忘在屋内，白领姐姐恰好是同样情形。就在小眉等房东、白领姐姐等先生的过程中两人聊了一会儿。白领姐姐二十八九岁，名牌大学毕业，模样漂亮，很自信很干练很逻辑，与先生结婚三年，还没要孩子。她与先生在不同的公司工作，收入殷实，就是工作有些忙。她说她以前见过小眉几次，对她的衣着方式印象很深。谈到时尚谈到流行，两人越聊越多，直到钥匙来了还意犹未尽。但两人后来并没有怎么遇到过，因为白领姐姐经常出差，工作很忙。直到几个月后的一个早晨。

那天小眉起得很早，就好像专为见到这样一件事准备的。她先是听到门外有某种奇怪的声音，从猫眼里向外看去，吓了她一跳：是全副武装的警察，是头戴钢盔手执冲锋枪的那种。小眉的第一个反应是，自己看错了，或者自己是在做梦。她用手掐了自己好多下，疼，很疼。没错，不是做梦。小眉的第二个反应是，这会不会是冒充警察的恐怖分子。正当小眉犹豫要不要报警时，小眉看到警察们开始敲门，并宣称自己是法院来执行物业费的，里面没有声音，他们就撬开了门。小眉看见白领姐姐和她的先生都在，法院人员高声问他们今天交不交物业费。白领姐姐的先生刚说了一句："没那么多钱。"就被几个法警一下子按倒地上，小眉看见他的脸在地上被压得变了形，就像在电视中经常看到的警察抓坏人的样子一样。白领姐姐也被警察把胳臂扭了起来。小眉看得心惊胆战，她觉得那被扭的如同是自己。看得出刚才还不想交钱的白领姐姐一下子害怕了，忙说："我找找，我找找。"但现在再说这话已不管用了，警察把这夫妻二人要带到法院处理。等小眉跑到院子里时，发现外面已有不少人，有一大堆围观的人，有一大堆被法警押走的业主。围观的人先是惊讶："这些人怎么了，犯什么罪了？"后来听说是没交物业费的事，就纷纷拦住警察，不让他们把人带走。

　　这是一个老问题，业主被物业侵权，状告物业没人理睬，便以拒交物业费的方式反抗，结果被物业找法警以这种方式解决了。最后，一些阻拦的人也被带走了，或被拘留或被罚款或既被拘留又被罚了款。

　　这事之后小眉就更少见到白领姐姐了，听说她已辞了职，性情大变，她的自信大打折扣，她的逻辑受到强烈冲击，她的心灵在溃散。白领姐姐从小到大都很优秀，是在赞誉中成长起来的。

这次竟因为一件她认为完全正确的事，被国家机器像专政坏人一样专了政。她不见任何人，完全自闭起来。

白面阿姨是旁边老居民楼的住户，四十多岁就失业了，所幸丈夫的收入还可以维持家用。没有家务的时候，她常来小眉这个小区闲坐。

一次小眉着一前卫样式服装从白面阿姨面前经过，听见白面阿姨对旁边的人说："你看现在的丫头穿成什么样子，太不像话，哪像个人样儿！"小眉知道她在说自己，小眉在心里笑了笑并不在意，她只是有点好奇地看了白面阿姨一眼。白面阿姨长得很白，虽然上了年纪，但看得出年轻时应该蛮漂亮。白面阿姨也在看她，只不过是在轻视地瞪着她。小眉收回自己的目光微笑一下就走了。后来走来走去的就熟了，白面阿姨虽看不惯她，常常瞪她，但往往最终也穿上了她看不惯的小眉样的装扮，只不过等她这样打扮时，小眉已在领先另一种潮流了。本来两人永远没有接触、说话的兴趣与机会，但偶然这样的事却发生了。那天，小眉在院子里晒一块做衣服用的特制的布，她一边吃苹果一边晒太阳。只见白面阿姨不停地同旁边的人说着什么，旁边的人先是有些耐心地听，后来就都找借口走了。白面阿姨显然没能尽兴，最后竟把目光向小眉投了过来，小眉觉得诧异、迷惑。阿姨有点讨好地走过来，她想请小眉帮她解释解释前几天遇到的关于法师的一件事情，小眉就请她说说看。

话得从头说起。

白面阿姨信佛或者说是信超自然力，这与她的先生曾有很大分歧。

后来先生经历了一系列变故。他原本是公务员，虽然职位不高。与白面阿姨不同，他念过大学，工作上颇有能力，几度有升迁的希望。但最终没有结果。后来被以分流的名义分到一工厂，等工厂一改革变成公司，他就成为众多下岗人员中的一个。再后来他几度求职都成了问题，他不明白是为什么。终于一个单位向他透露了原因，因为他档案上的一句话，他被认为是一个人品有问题历史有污点的人。他气愤之极，档案上的这句话完全是无中生有，他不知道是谁在他的档案里加了这句影响了他一生命运的话。他已五十来岁，他一生最好的年华早已过去，他曾经全部的努力就因为这句莫须有的莫名其妙不知从何而来的一句话一次次化为乌有。是谁在他的档案中放入这样恶毒的一句话，是谁给他开了这么大的一个玩笑，是有计划的阴谋还是即兴的恶作剧？所有认识他的人都知道这是一句荒谬无比的话，为什么没有人对他档案中这句话进行核对和清查。他于是将原单位告上法庭。但因原单位已经多次重组，物是人非，早就不知道线头之所在。他以打官司的方式证明了自己的清白，只是这一生的损失无法弥补。如果没有这档子事，他会成为获利者，有权有钱，孩子会择到更好的学校，老人会得到更好的安排。

这些事之后他开始有些信命，妻子再找些算命师傅之类，他就不再反对，甚至有时还很配合。

以前他觉得妻子没文化，与她结婚更多的是因为她长得漂亮，是当时某厂的厂花。现在他倒觉得妻子的"迷信"体现了生活的原生态和本质，也许比他这讲大道理的文化人更具有生活的智慧，具有解决生活问题的真实能力。

妻子求神拜佛，他听之任之。

白面阿姨自己还不是居士，她有一居士朋友，白面阿姨向小眉说的就是下面这件事。

一日，这朋友说有一名山的法师要来，法师修行很高。白面阿姨很有兴趣，就与居士朋友一起去火车站接，法师是一五十来岁的黑面男人。白面阿姨见到法师觉得很荣幸，所以当法师说他暂时还没地方住时，她很高兴能尽一份力，就请法师去她家里住。她希望法师能给她和正上初中的女儿"加持，加持"。尽管她家里只有两室一厅，但因先生总上夜班，不怎么回来住，她和女儿住一间，法师和先生住一间还是可以的。将法师接到家里，法师为她和女儿看了看，结果一看不得了，法师说她的身上有很多很多虫子，很脏，是魔上身，女儿身上也有。白面阿姨吓坏了，就请法师帮助破解。法师在做了某种仪式后，口中念念有词，然后一手拽住白面阿姨衬衫的脖领子，一手在白面阿姨的身上猛拍。不知为什么这种拍打让白面阿姨心底感到一丝屈辱和尴尬。她不敢表露又有些愤怒，就问法师这样是把脏东西打到哪里去了，法师说是打没了。后来法师又用棍子在她身上拍。这种方式隔两天进行一次。

白面阿姨尽管自己生活不宽裕，但对法师尽全力招待。开始她没拿酒没拿肉，仅向法师客气了一句，她想出家人是不能沾酒肉的。但法师说不必太拘礼，客随主便一切随缘。白面阿姨把酒肉放在一边，没想到法师就喝起酒吃起肉来。他迫不及待的吃相和大口咀嚼的声音让白面阿姨心生疑惑与反感。饭后因为天热，法师光着膀子和脚丫子跷着二郎腿与先生一起吸烟，烟灰弄得到处都是。法师还向白面阿姨要一些旧衣服，说是带给自己乡下的家人。白面阿姨找了些衣服给法师，法师在整理这些衣服时充满欲望的神情让白面阿姨没法接受，她一时不知道，眼前这个她请来的人，是修行很高的法师还是平常她避之不及的乡下亲戚。后来她找借口把法师请走了，法师临走时说她和她女儿身上的虫子还没消除干净。法师走后，白面阿姨心情一直很坏，就到处向别人说这件事。她身边以老年居士居多，居士们只是听听，大多不说话，后来听也不太想听了。白面阿姨希望有人站在她的一边，她一方面心有不满，另一方面又不敢说出来，她怕冒犯神灵怕遭报应。

小眉说，阿姨，你不用担心，说你的身上有虫子，这怎么可能。这根本不是佛教，是迷信，这人是个骗子。白面阿姨听此言脸上透出一丝笑意，但不想流露出来。她疑惑地说：我让别人看，怎么别人也说我身上有虫子？小眉说，你不用相信，那法师是个骗子。白面阿姨把头扭向一边，意思是，我可没这么说。但最后阿姨还是高兴地回家了。小眉这时才明白白面阿姨这是想借别人之口说出她自己对法师的怀疑和怨恨，这样既可以摆脱对神灵不恭的干系，又可以发泄不满。

再看到白面阿姨是几个月后的一天。这次白面阿姨对小眉完全变了脸，怒目而视。原来，在一次某大医院搞诊疗活动时，她为女儿小曼花钱做了一次体检，因女儿外形较成熟，医生没有询问就对她进行了妇检，弄破了她的处女膜。之后小曼觉得自己一直腹痛不断，等去医院检查，被确诊为阑尾炎。前不久做阑尾炎手术时却被误切去了卵巢，导致花季女儿致残。更令人不能接受的是，后来发现小曼并没有阑尾炎。绝望的白面阿姨认为这是自己对法师不恭遭到的报应。

  她一直对医院不信任，她觉得现在医院把人当成机械的分离体，每个器官都是归不同的部门治疗，去医院前先要知道自己是哪个器官的毛病才能挂那个器官的号。有很多时候她就是难受，不知道是哪儿的毛病就不知该挂哪个号。如果她去看心脏、胃或肺等，说她不舒服，那么每个科室都会给她开一大堆药。有一次她每顿需吃十来种药，她问大夫这么多治疗不同病的药会不会相克，温和点的医生告诉她不同科医生开的药可以间隔半小时的距离吃。不耐烦的医生则嫌她啰嗦："给你开什么你就吃什么，你是大夫还是我是大夫。"还有的医生则干脆说："那我不管，那我不管，你不是在我这看的胃病吗，我只负责胃这一块儿。"白面阿姨是不敢得罪医生的，只好满怀疑虑地把几斤药拎回家了，她每天早中晚三顿各服用十来种药物。一番艰苦努力，药吃完了，她有些感觉，这种感觉可以说是疾病被治疗的感觉也可以说是副作用的感觉，药吃完了她没觉得自己好了也没觉得自己不好。她又去医院检查，结果像服药前一样，没有大毛病，小毛病又很难根除。后来神经科医生说她是疑病，就是整天怀疑自己有病其实没什么大病，回家调养调养就好了。白面阿姨说没病还给我吃那么多药。医生说，你不是有不舒服的症状吗，这些药治你的症状也是没错的。这些药可吃可不吃，吃了也死不了人，不吃也没关系。白面阿姨心想这是什么话，我花那么多钱费那么多劲就是灌下了这么多也许对身体还有害的药吗。从此她很少迈进医院的大门，她更相信各种土方、功法及法师。

她后悔让女儿去医院看病，如果听法师的话哪里会凭空降下这样的大祸。她把法师又请回家好好伺候，并对法师解释完全是听信了小眉的挑唆，让法师救救她的女儿，要惩罚就惩罚小眉吧，等等。

小眉就此与白面阿姨没了关系。

一日，小眉在小区门口买"土掉渣"饼。这是此饼落户本市的第一家店，人们排了很长的队购买。小眉喜欢这种新鲜，也在队伍之列。排在她身后的是一四五十岁的中年妇女，妇女每隔一秒就要清一下嗓子，这清嗓子的声音很特别，像破损的金属在切割。小眉有点不能忍受，因为此妇女的发声方向直对小眉的后脑，小眉在同情她的同时（嗓子里有东西总也清不出去是件多么痛苦的事情），身体向队伍外错出一些，这样可以减弱声音对后脑的刺激，同时不禁看了妇女一眼，妇女也正向这个方向看，两个人的眼睛相遇不禁对视了一秒。此妇女割了不大自然的双眼皮，肤色暗沉僵硬，烫着黑色的老式卷发，着几十年前黑灰蓝颜色不明粗糙廉价的西装翻领式上衣。小眉转过身继续排队。没想到，轮到小眉买饼时发生了这样一件事：小眉买饼时刚出炉四张饼，两张好些两张差些。小眉指着那两张好些的饼对服务员说自己要买这两张。没想到这时后面那妇女不干了，她愤怒地冲小眉嚷嚷道："你把好的拿走了，那把坏的留给谁呀？！不行，你把坏的留给谁呀？！……"小眉觉得奇怪，就向她解释说："你可以等新出的。"妇女说："有你这样的吗，凭什么你拿好的？"小眉说："因为我排在你的前面，我有权挑选。你也可以选，只不过你要稍等一下再选。"妇女："你排队了吗？你是插进来的！"如果说前面只是让小眉觉得奇怪，后面就让小眉觉得震惊了，她怎么可以这样睁眼说瞎话，真让人难以理解。不过最绝的还在后面，当小眉不理睬妇女的聒噪拿走自己的那份儿后，妇女不是在原地等待下一炉饼出炉，而是愤愤不平地走到很长队伍的队尾，重新排起队来。她一定是以为这样才能拿到质量好的饼。小眉感叹：人的思维逻辑真的很不同。对消费品不满时她不知道质疑生产销售者，不知道向销售者主张自己的权利，只会习惯性地与同为消费者的他人内斗，且不惜颠倒黑白，面不改色地说假话。她还不具有灵活的思维，比如她可以原地等新出的饼，排在她后面的人如果愿要那差的可以先拿走，如果不愿要，就可与她一起等新出的饼。但这妇女的优点在于她还知道排队。第一次遇见这样的人，给小眉留下了深刻的印象。

在搬离这个小区前小眉竟又看见了这妇女，当时这妇女正在同几个人一起劝慰白面阿姨，而白面阿姨完全垮掉的样子。听旁边的人说，白面阿姨的先生去银行取钱被押银员开枪打死了，只因她的先生当时急着出银行门办事，押银员不让他出去，两人就争吵了起来。押银员对他说："你信不信我一枪打死你？"白面阿姨的先生没有相信，他向银行门外走了一步，押银员拿枪对准他的脑袋就是一枪，他当场死亡。白面阿姨怎么也想不通这么离奇的事会发生在她身上，先生刚才还给她打电话说取一千元钱去朋友那里办点事就回家，没想到就这么没了。而押银员一会儿说她先生是劫匪，一会儿又说把她先生当成了劫匪，一会儿又说是他自己的枪走了火。事情一直没有一个确切的结论。白面阿姨说，没法儿活了，这都是得罪法师遭到的报应啊，报应啊。小眉也觉得这事实在太惨太离奇了，看着白面阿姨痛不欲生的样子，她的眼圈也红了。

就在这时白面阿姨失神的眼睛看到了小眉，好像引燃了导火线："都是你让我得罪法师惹的祸！都是你害的我，我要杀了你，我要杀了你，你这个……"她边叫着边狠狠地向小眉扑过来，那买饼的妇女也大叫："这丫头最坏，揍她！"这时几个气愤的人还真想不问青红皂白地来打小眉。小眉蒙了，心想："这关我什么事？这些人都疯了吗？"幸好还有清醒的人拦住了他们，并让小眉快走。小眉算逃过一劫，否则莫名其妙就成了牺牲品。

小眉好长时间没见到阿祖了，今天突然有些惦记起来，就给阿祖打电话，阿祖的电话关机。她决定回家找他。

回到家里才知道阿祖家出了大事：阿祖的父亲被绑了票并被撕了票，作案者不是别人，正是那日小眉在客厅见过的印象颇深的关姓阿姨,是她策划绑架了阿祖的父亲,本来并没打算杀人,只因阿祖的父亲认出了她:"你是小关吧,有事儿好商量。"就这一句话送了他的命。案子破获后,一时让罪犯周围的人无法相信,因为她是一个对周围人都太好的人,对父母无比孝顺,对落难的亲戚朋友大力支援……就连与之仅有一面之缘的小眉也对她充满好感,不能相信这个事实。

后来听说事情并不那么单纯。阿祖的父亲与关阿姨家有很深的渊源。小眉仅知道阿祖的父亲过去是一地方官,后下海经商积聚了巨大的财富。不知道其实他是因为有了巨大的财富才辞去官职的,而这巨大财富的来源就是这被他称作"小关"的阿姨。小关与她的先生经过辛苦努力数年打拼在当地建立了实力雄厚的企业。夫妇俩是很具商业头脑很精明的人,击败过众多的竞争对手。他们没想到有一天竟会栽在从未引起他们重视的许三儿身上,且彻底改变了他们的命运,使他们的人生万劫不复。许三儿是他们的竞争对手中最没实力的一个,但没想到,他离了婚又结了婚,对象是阿祖父亲的表妹。许三儿将小关夫妇的底细全告诉了阿祖的父亲。阿祖的父亲利用手中的权力,用各种貌似合理的手段将小关夫妇的巨额资产据为己有。小关夫妇不仅破了产而且还负了债。小关夫妇用各种方式申诉都没有结果。后来就追踪阿祖的父亲,制造了这一大案。小眉见到关阿姨的那一次正是小关用计谋潜入、侦查的一次。小关被捕后交待,她原来并没想杀他,只是想以此方式要回自己的财产,但他认出了她,她一时紧张就杀死了他。

小眉很担心阿祖，就去他家里看他。阿祖家表面上没多大变化，但内在氛围却显得复杂，不仅仅是悲哀，不仅仅是萧索，空气中弥散的味道有着多种走向错落纵横。阿祖的父亲不仅在外面包了二奶，还生了个孩子。父亲一死，她们就现身了，来争遗产。

阿祖变化很大。他一夜之间洗尽了铅华，唇膏眼线不见了，仅着白衬衫西裤。阿祖一夜之间就长大了。他抽起了烟。见到小眉，他把烟掐了，他微笑着和小眉说话，甚至还开了两句玩笑。

从阿祖家保姆那里，小眉知道阿祖很久没出门了，电话关了机，不与任何朋友联系，很令人担心。

小眉后来想了个主意，她请阿祖的朋友们组织一个名为"美女野兽"的登山队登灵山，邀请各类绝色美女参加，一定把阿祖拉去。

计划进行得很顺利，看到阿祖被朋友、美女团团围住，气色好了不少，小眉放下心来。

灵山有很多小路，大家就三三两两分散走去。渐渐地，小眉与和她在一起的两个女孩也走散了。

灵山的树叶呈现丰富的姿态和某种神秘的属性，道路也是如此。

小眉看得一时忘了神，失足跌在石阶之上，口袋中的手机飞出去，摔散了架子。小眉挣扎着几次想站起来，脚腕却疼痛难忍，她只好放弃了。小眉没想到会这样，受了伤且失去了通讯工具。一秒钟前还是自由自在，一秒钟后就深陷困境。而更让小眉感到不安的是，周围看不到一个人，不仅周围，离周围很远的地方也感觉不到有一个人。怎么办呢？

　　转机是在几分钟之后出现的，小眉听见身后有人下石阶的声音，扭头一看，原来是个和尚，二十多岁，身着由灰黑两色组成的出家人的衣服，大片灰里有黑色穿插，黑色约是短夹衣、坎肩之类，显得很有精神。他走得很快，小眉犹豫着（因为在她的印象中，和尚过着与世隔绝的简单朴素的生活，不能吃肉，不能近女色，也就是不能与女人接触、说话。如果自己同和尚说话是不是就破了他的戒呢？可她现在确实急需人帮助，和尚也是人，况且帮助别人应该是积德行善吧），刚要开口向他求助，和尚竟对她灿然一笑，且目光含情。小眉愣住了，没等她缓过神来，和尚已匆匆而过，不见了踪影。小眉想，出家人怎么可能脉脉含情，一定是自己的错觉。这下好了，如果再也没有人经过这里该怎么办？小眉试图挪了一下自己的脚，很痛。但她还是决定在遇到路人帮忙之前自己先一个台阶一个台阶向下挪。挪了一段时间之后，小眉猛然发现和尚又回来了，这回是迎着她上石阶，并且和尚对着小眉开口了："你好。"小眉有些吃惊："你好。"小眉心想，和尚不是都说"阿弥陀佛"吗？怎么也说"你好"？和尚接着说："需要我帮忙吗？"小眉说明了她的困境。和尚立即从怀中掏出手机给小眉用，小眉没想到和尚也用手机，不禁对和尚又产生些好奇。因为不想让家里担心，也不想败了朋友们登山的兴致，小眉打电话请公共救护车将自己送进了医院。检查结果还好，没什么大事，用了些正骨、外敷等疗法很快就康复了。

因为这事，小眉与和尚认识了。和尚叫志远。志远让小眉了解到，和尚不仅使用手机电脑，也看报纸杂志。小眉觉得志远是个很现代的和尚，两人的距离一下子近了好多。

志远经常给小眉讲些与佛法有关的事情。他说很多人对佛的理解是错误的，是迷信的，把这样一种伟大的宗教曲解了。知道佛陀的原话是怎么说的吗？佛陀说：不要崇信于我，并盲从于我的要求。不要依我语，莫要观我相。不要随逐于沙门的所有见解，不要盲目信从权威。不要说沙门乔达摩是我大师。然而可于我自证所得之法。独在静处思维观察，常多修习，随于用心所观之法。即于彼法观想成就，正念而往。以自己作为自身的救济，以自己为依靠。以正法作为救济，以正法为依靠。没有其他的任何救济和依靠。汝须自努力，如来唯导师。志远对小眉这样讲道：佛教始于一个人。在这个人的晚年，当他的说教震撼于全印度，帝王们都向他躬身稽首时，许多人满怀困惑地问他"你究竟是谁呀"？佛陀的回答是他全部教义的一个提示。他不承认是神，或是神的儿子或仆人，也非传达神意的天使。佛陀答道："我是觉者！"他的回答成为他的头衔，佛陀之意即是"觉者"。当举世昏昏如睡，在贪嗔痴下蝇营狗苟地生活时，一个人豁然觉醒。于是佛教诞生了，即是由于佛陀的觉悟而诞生的。在纪元前四百八十年左右，佛陀向身旁的僧团做了最后释疑和告别。佛陀告诫众比丘说：比丘们！你们要做自己的明灯。你们要做自己的依怙。你们要爱持真理，犹如它是明灯。你们要爱持真理，犹如它是依怙，用勤修以求得自己的解脱。这是佛陀在人世的最后教导。志远说世界上的宗教是相通的，其高级精妙阶层都是好的，而被不明智的人使用也能沦为丑陋愚蠢乃至被以宗教之名杀人。佛教是一宽容博大的宗教。

志远的话让小眉很钦佩，身边从没有一个男子说过志远这样的话。她觉得他超凡脱俗，不知不觉被他吸引。志远说，佛教是个非常伟大的好的宗教，只是有时被某些人歪曲玷污了，那些与迷信和装神弄鬼联系在一起的都不是佛教的本意。

小眉读过简写本的释迦牟尼的故事，她很感动，觉得他是一位真正的王子。她曾在与阿祖等朋友闲聊时半开玩笑地说："我爱释迦牟尼王子。"遭到了大家的奚落。尽管这件事她都有些忘了，但在潜意识中这与志远对她的吸引或许有一点点关系。

小眉请志远与自己一起午餐，小眉问志远能否食荤，志远说可以。小眉觉得志远是个能够打破禁忌的和尚，同时又觉得他不是一个彻底的和尚。

几次交往之后，小眉发现自己越来越被志远吸引，每隔两天就忍不住要去找志远，像吸上了鸦片，魂不守舍。她觉得自己爱上了他。

在小眉眼中，志远与她周围的男孩太不相同了。他带给她的是令她难以想象的完全不同的另种生活的新鲜气息。志远从小在农村长大，家中很贫穷，高中毕业没钱念大学，就回家种地了。种地很苦，每天很累却没有足够的食物填饱肚子。在家中与哥哥嫂子和父母住在一起，哥哥嫂子整天对他冷着个脸，他的日子很难捱。有时他一个人躺在田头望着天空在想,为什么他的命这么苦,只能过这种艰难的生活,他的出路在哪里呢?后来有一日他去镇上,路过一个书摊时看到一本佛学入门读物《觉海慈航》。他被深深地吸引了,萌生了出家的念头。志远说这就是缘。经村中当和尚的亲戚介绍,他成功地出了家,改变了自己的生活。志远说,出家后的前三年他潜心修行,心无杂念,进步很大。但后来他对这种生活产生怀疑,这种生活就是不断帮助别人,为别人讲经布道,付出的多得到的少。刚开始这样做他很有成就感,后来他发现其实自己本身问题很多,更需要被帮助。

志远确实让小眉感到新鲜,他曾经吃不饱饭,他干过农活,他没坐过飞机,好多小眉的同龄人司空见惯的事物,他都不知道,但他那么顽强,那么有勇气,那么酷而另类。他了解小眉们感觉神秘的佛教。志远对别的教派还有自己的见解,他说,耶稣的意义在于深信一个东西,并坚持到底,耶稣为大家承担了精神负担,而这正是人的本性中所需要的,至于"神迹"则是为吸引人们来到他这里的一种方式,并不是真实的存在。

小眉觉得志远很质朴可爱。比如,这段时间小眉碰巧喜欢穿乞丐服,尽管这些衣服都价格不菲,志远却认为那衣服真的很破,认为小眉是没钱的穷学生。有时小眉在谈论释迦牟尼王子,志远会很关心地冒出一句:"你每月能有多少钱?"小眉心想自己从小到大没怎么算过有多少钱,尤其是每个月,自己还真不知道。就反问志远:"你觉得呢?"志远肯定地说:"一定很少,不然你怎么整天穿得破破烂烂?"小眉不知道该怎么说了,只好笑了。

然后又谈起释迦牟尼来，她说，世界上最高贵最伟大的王子就是释迦牟尼王子。他最配得上"王子"这个称号：智慧、宽容、慈悲、脱俗。如果说"王子"这一称号真的比常人高贵，具有崇高的品格和境界，那么释迦牟尼王子做到了这一点。尽管小眉后来知道，称释迦牟尼就不能称王子，但她还是执意于自己发明的这种叫法。

志远的笑容总是那么灿烂，小眉一步步陷入这笑容中了。那天就是在这笑容熏染下，她和志远拥吻在一起。待清醒过来，小眉感到幸福也有点困惑。志远说他过段时间可以还俗并与小眉结婚。在这之前他要学习工作的技能，他向小眉借钱学习。

小眉就这样悄悄地找到了爱情，没告诉家人也没告诉朋友。这段时间她觉得自己很兴奋，自己的情感处于一种从未有过的失控状态，自己一向稳定的情绪从未像现在这样起伏过。她是不知不觉中爱上志远的，爱得如此之深如此不设防，连她自己都没想到，这完全不是她的风格。

后来，先是小眉打不通志远的电话，再后来志远告诉小眉他不能与小眉在一起了，他要与别的女人结婚了。小眉完全被这一变故弄蒙了。她问为什么，志远不回答。后来在她的一再追问下，志远说他爱上一个公司的白领，月薪上万，他和他贫困的家庭都需要钱。小眉说她有比那个女人多得多的钱。志远不相信，他怎么也不相信，他无法相信一个整天穿着破了洞的衣裤的人会有什么钱，他轻蔑而决绝地甩掉了小眉。

小眉回到家里发起高烧，她想明白这些是怎么回事，她搞不明白。她回想起志远对她纯棉质地的衣着很瞧不起，而对某妇女廉价庸俗的亮光闪闪的服装充满赞羡之情，当时小眉只是觉得志远好笑有趣，但没想到这竟如一巨大的鸿沟最终隔开了两人。

这是她的初恋。

她过很久才恢复过来。

第五章
Chapter 5

城市一天之藏龙卧虎

城市一天之藏龙卧虎

每到春天她才像从冬眠中醒过来。

春天来了，天空下了整整一天的黄土，整个城市被铺上了厚厚的一层，枯黄色的土，映在窗口红彤彤的像要杀人了。这黄土从哪里而来，瞬间就笼罩了整个世界。人们什么时候开始就在这样的空间中生活了。灰秃秃的水泥大楼把人们越埋越深，没有树木，没有家。

这些水泥大厦建筑本不存在，它不太像人们有时感觉的那样高大与华丽，它的空虚、陈旧与脆弱是你在某个瞬间得到的真实。它们支起气场将空间人为分些等级，尽管在上帝眼中如此可笑，但它是人类生存游戏的一种方式，一种存在和秩序。其实这些"隔断"都不存在，是人为的幻象，是人神经的分格和"我执"。是一种夸大、滞留的精神疾病。原本它庞然大物的虚弱用手指就能捅破，它是人为制造的游戏场和游戏规则，它的背后是虚空，是一无所有。这是人类为自己制造意义制造真实与充实的方式。

只有在小空间中才能感到人的存在和与人的关系。当人在高处看地面、楼群、行驶的汽车，或者从某个角度看着一个个小小的人消失在地平线……世界完全是另一个样子。

玻璃美人今早一出门就觉得与平时不同。她刚刚在路旁的站牌边停下来，构思今日的"惩戒"路线；城市的早晨平静依旧，人来人往如昨；离她不远处是个白皙文静的二十多岁男青年，手中正拖着个旅行包，看样子像刚从别处来此或准备去外地旅行。突然，一个四十多岁男子猛冲过来将男青年按倒在地，男青年瞬间就脸贴地面准确地趴倒在玻璃美人脚前若干厘米处。紧接着又冲过来几个男子，一边将男青年抓住一边气喘吁吁地："往哪儿跑？！你挺能跑哇？叫什么名字？我们是警察！"玻璃美人看见这群着便衣的男人中有一人穿着警服，不远处停着警车，知道这是一暗中进行了很久的抓捕。等听到男青年报出的名字与警察要抓的人一致后，领头的警察利落地挥挥手："带走！"男青年被带上了早已停在一旁的警车。玻璃美人没想到一大早就在自己脚前发生了场战斗；一切的惊心动魄在脚面外几厘米处戛然而止，男青年差一点摔在她的脚上，毫厘之外的世界就是另番景象；玻璃美人觉得自己的防卫系统还有很多漏洞，并未能及时感知潜在的所有；她感到很多事物在自己之外发生着，暗中汹涌，波云诡谲，惊魂动魄，时刻上演着，自己毫不知情，一无所知。

　　小区路边的一个石阶上每天都有一个二十多岁男子面向来往的人流车流大声唱歌。有时拿麦克风，有时带耳机。这天早晨他拿了一个白色泡沫制的四方盒，他当时正打开盒子，整理盒里的什么东西。

　　一个过路的女中学生正在回答旁边男生的提问，男生疑惑地问她:"你说谁混蛋?"她:"发明我名字的人。"

早晨在电梯中见到一小女孩,四五岁,手中一玩具滑板,与母亲一起进电梯。小女孩看见电梯中一对陌生的年轻夫妻有些好奇,她娇音嫩嫩地问道:"你们家有小孩吗?"年轻夫妻回答:"没有。"小女孩:"为什么呢?"对方没来得及回答,小女孩又说:"是死了吗?"年轻夫妻一愣,电梯中的人都吃了一惊。母亲忙责备小女孩:"别胡说!"小女孩不为所动,手里一边玩弄滑板,一边思考着又问:"你是姐姐吗?"年轻夫妻中的妻子说:"是阿姨。"小女孩好像明白点儿什么似的点了点头。

玻璃美人又见到了那个多次在街头碰见的让人无法释怀的怪怪的女人。她头上顶着一个黑黑的夸张庞大的风扇般发型,塌陷的面颊,描画的虚假的黑眉,不自然的神态动作,特征突出而怪异,就像一个卡通、假人赫然出现。每次见到她,玻璃美人都要疑惑好久,这么夸张脸谱化,如此突兀古怪,与周围环境格格不入,仿佛这个人是假的。后来玻璃美人认为一切原因归于那女人戴的是个假发套,而给人如此怪异突兀的印象与此人的个性相关或与她的疾病相关,如她也许因为癌症化疗掉光了头发等等。

又一个莫名其妙的情景:一个女子迎面走来,粉、粉、粉,厚高跟鞋,粉眼镜,卡通感。她冲着走在玻璃美人前面那民工样的男人哈哈笑一声,玻璃美人以为她与他是熟人,但男人木然没有反应,后来男人疑惑地回了一下头,玻璃美人也回头,却见卡通女人头也不回地远去。

玻璃美人决定先坐上公共汽车。今天的车也很奇怪,如同喝醉了酒，间或还像软虫子般蹦跳几次。它拖着人们向前，它时时甩动它的躯体，像要把人甩下去。

今天大家火气很大，公共汽车开得歪歪斜斜。

司机："这年头谁有本事谁活着，谁没本事谁轧死。"

司机与一熟人调侃："上哪去？"熟人："十字医院。"司机："十字医院做手术去？是说谎了去把嘴缝上？"

售票员说话也没个好腔调。

几人话不投机就打了起来；小孩子被父母突然暴揍，不知原因……

仿佛大家都在月经期。这是个内分泌失调的时代，焦虑匆忙。如何把内分泌调匀是这个时代的任务。

公共汽车上坐着一衣衫褴褛的老太太，半闭着眼，脸上、嘴上做梦般微笑着，有时还发出些小小的声音，沉浸在一个自足自乐的梦境中。她的脸孔苍老，头发稀少，但轮廓却有些像上世纪三十年代著名影星，说起话来竟细声细气，表现有些像轻度精神病患者。但对人态度很礼貌、和善，谦恭不已。

玻璃美人看不懂这类人。

在有的城市塞车是有原因的，而这个城市塞车是不知道理由的。就如，明明人行道上方有红绿灯，却安放得仿佛偏不让你看见一样。一切的设置习惯让人别扭，处处不顺畅，这段时间的交通很滞涩。

她走在路上，前面一个老人缓慢而准确地不断遮住她的去路，她破解了好多次才脱身。

在一窄小的过道，走在前面迈着四方步的两个大屁股男人慢吞吞地挡着她的路。两个一样身材、一样身高、同样双手背在后面、都是长着胖胖大屁股的小个子男人，像一对双胞胎，慢吞吞向前走着，晃得她头晕。她疑惑男人什么时候都长成了这个样子，性征模糊，让人匪夷所思，她认为这是物种异化的表现。也许是他们自己亲手把自己变成了这个样子，也许他们自己也没有办法。他们对自己的闲庭信步挡住了别人的去路一无所知，他们对自己大屁股的"尊容"一无所知，他们对自己大屁股引发的观者对人种的怀疑一无所知。他们四平八稳，他们冠冕堂皇……

一种沉下去的腐朽，一种按部就班的浮肿，这四平八稳的步子散发着生活的腐气。

到处是躲避不及的长着胖胖大屁股的男人。到处是大屁股的男人这可怎么办？它让人想到生活之庸俗面目。令人心碎，让人深受刺激。还有的大屁股男人长得像中年妇女，时时伸出曼妙兰花指，但却有着一双色迷迷的眼睛。

她担心他三十岁时也会变成一个大屁股男人。

那只卧在街边台阶上的白色鸭子，不知它是怎样出现在这热闹的街市上的，与周围的一切是那么不协调。它孤单地暴露在光天化日之人群之下，它卧在那里，脆弱温柔的身体边是个盛水的小铁壶。不远处是位二十多岁摆小摊的女摊贩，大概就是带它来这里的主人了。白鸭子旁还卧了一只小鸭子，小鸭子依偎在白鸭子旁边。它不知道在这强大粗陋充满铁锈味的世界面前，它所依靠的妈妈多么脆弱，那支撑它天空的妈妈的翅膀多么微不足道。两只鸭子就如此赫然入目，在这危险的钢铁世界中脆弱地存在，公然脆弱地存在。后来再经过时，小鸭子不在了，是被送到更安全的地方了吗？再后来白鸭子也不见了。

一穿连衣裙的小女孩（约一二岁的样子），坐在小店的玻璃柜台上，裙摆纷开，像花儿一样可爱，有趣。

看着街头人们因咀嚼食物而幸福满足的表情，玻璃美人不知为什么感动得差点流出眼泪。人这种脆弱的生物在地球上的短暂停留，其幸福满足的瞬间多么难得多么美好。

等玻璃美人来到地铁中更有一种不真实的感觉。首先地铁站的站名被报错了。接着玻璃美人看见一个如踩着高跷走路、长得奇高又瘦，像个细麻秆的男人，她简直以为是幻觉。定睛一看，没错，是这样一个比普通人高得让人不能相信的中年男人正低着头走进地铁车厢（后来才知道她这天看见的是目前世界上自然生长得最高的人）。没等她看明白又有两个高得让人没法相信的男人走了过来，这两个男人比前面那个略矮一点儿，但足以令人叹为观止（后来得知这三个人一起被电视台邀请来做节目）。这一瞬间，玻璃美人怀疑自己是不是在梦游大人国。

而在地铁车厢中，一切也与平时不同。先是突然上来一群从头到脚都穿戴得毛茸茸的如同绒毛玩具般的老外，然后偶一回头见个西装男子手中拿了一串大个的佛珠在那里念念有词。

在这个气温微妙的季节，穿衣的规矩在哪里。每个人对天气是不同的诠释，只一点感受的差别便使她与她天壤之别，是羽绒服与衬衫之差，是裸露与加厚之差。这是一个无法定义的季节。

看见地铁上一对分别的情侣，玻璃美人想起自己一次坐火车的事来：对面坐着两个小偷。一个样子较"横"，另一个清秀些。前者是主偷，后者是副手，做接应。两个人商量着如何下手偷。玻璃美人当时戴了一假发，着老旧的装，扮成一男士的样子，对这送上门来的两小虾米胸有成竹。临上火车时，"横"的女朋友对他依依不舍，看得出很爱他，他装作不动情。火车开了，从两人对话中得知女朋友曾为他死过，为了让他别再去偷，她从楼上跳了下去，万幸的是没死成，也没落下残疾。他一直在偷，不知是否瞒得了她。偷是为了生活，因单位不景气发不出工资。他因偷被人打过，也被劳教过。这两个小偷是中学同学，两人聊到后来有点伤感地说，小时候的同班同学都结婚了，只有他们两人还未结婚。玻璃美人后来离开了这个座位，放掉了这两只快咬钩的鱼。

出了地铁，玻璃美人看见一群排着队的学生从前面经过，面目、眼神、表情都有些奇怪，一时觉得恍如梦境，世界好像有点变形。见他们走进对面那所培智学校大门才有所领悟。

她在附近常见到那个有些弱智的女人，起初以为她是个老太太，后来见她称别的人"大姨、大妈"才判断出她四十岁左右。她身形较胖，思维单纯，说话不大清楚，常坐在修车老人的摊子边，帮他看东西，有时与"大姨、大妈"坐在一起。有次见她坐在修车摊那里一个人哭泣，哭得很伤心，毫不避讳他人，完全是孩子式的。虽然知道十有八九没有什么大事，但她的哭泣仍令玻璃美人感到心酸。

下雨了，路上的雨点浇得那个骑自行车的人直笑。

当湿润润的蕴涵黄土腥味的空气飘来时，心中便充满作为人的最本质的感觉：有家？无家？感动？归宿？或者忽然想起：我原本是那林木中的一株植物？

那树下有时是两个酒鬼，寻衅不着，相互争执，推推搡搡却无法彻底打起来；有时是一对晦暗不明的恋人。

雨一停，街上一年轻女子就出场了，她边走边挥舞手臂，对着空气，嘴里似乎在痛斥着、反驳着、争辩着。看得出她不是一个纯粹的精神病人，只是一个普通的受了点刺激和打击的人而已。

另一女人双手插在裤兜，表情怪异却又哲人般严肃地走着。玻璃美人知道她精神不正常，但觉得她的状态最本质最真实。

对面走过来两个人，一男一女，男的背一挎包，女人手提相机，两人在认真地说着什么，看上去像鸿篇大论，事关国家、世界、宇宙。走近了才听清，他双手比划着向她解释："我觉得素食太多，肉食太少，不好吃。我只是发感慨，与他没有关系。"这时一个突如其来的声音切换过来："大灰狼想怎么办呢？……"原来是个妇女推着童车中的孩子经过，在给她的孩子讲故事。

路边一人坐在石墩上，身后放着个空瘪的旅行大包。他在那里一个人对着空气用带有地方口音的普通话大声说个不停，还用手比划着："你们这些人倒是好，每次受伤的总是我……"

走在日落大街上,玻璃美人眼睁睁目睹了惊人的一幕:那高大美丽的悠年古建凯旋门被夷为废墟。据说要盖成板楼,据说要盖酒店,据说要建办公楼,据说要造世界上最大的烟囱,据说要建某官员兼财阀的私宅。据说这一行为经过了论证,据说很多人竭力反对,但凯旋门还是被拆掉了。玻璃美人很爱凯旋门,从前一与母亲闹别扭,就独自跑到凯旋门,坐在广场上发呆。很多时候她觉得这里更像她的家,她心灵上的家。小时候她还喜欢登上凯旋门,让父亲抱着,向下面招手。

玻璃美人觉得世界变了,变得不像是真的,一点都不像是真的,她不能相信。她忽然觉得浑身无力,她觉得自己很无力。顷刻间她的心空虚起来。玻璃美人觉得今天的自己与平日有些不同,不那么目标坚定,有点心猿意马,有点自我怀疑。收拾那些街头流氓顷刻间变成了微不足道的事情,她第一次觉得自己的行为有些无聊,自己每日的打斗及"主持公正"是多么渺小无聊、没有意义,自己原来毫无力量,仅如井底之蛙整日做着微不足道的小事却津津有味。她发现自己原来那么无力,这种无力感越来越强烈,在这个"指鹿为马"的时代。

玻璃美人脑海中突然浮现出一句话来:我空练一身武功,在这个模糊不定的世界。

玻璃美人预感今天不妙,自己杂念太多,多了许多莫名其妙的左思右想,优柔、游移。

夜里有一个人躺在马路中央。她以为他死了,像一堆破烂衣服堆在那里，除了她似乎没有人注意他。过了一会儿，他从地上爬了起来，慢慢离去。

夜晚天空是雾气在移动、消散，是风，是人所不知的运动，是深蓝色天空上笼罩的烟雾，是生命的悄然，在你所不知的瞬间。

这段时间随着男同性恋酒吧的增多，玻璃美人多了一个去处。

她去的往往是那种空间较大、气氛宽松、允许女性进入的男同性恋酒吧。玻璃美人在这里放松愉快，她喜欢这种没有男人纠缠的感觉，实在太有新鲜感了。她可以自由旋转自己美丽的大裙子，来回走动，她可以放肆自己的美丽。第一次有这么多男人对她不感兴趣，她感到非常安全、惬意、舒展，笑得非常开心，觉得天地间那么开阔自由。

今天酒吧里人不多，她靠窗边要了杯酒，调整一下情绪就离开了。

走出酒吧，偶一抬头望天，猛发现天空如深蓝色的大海，这大海中一条巨大白色的鱼（白云聚集而成）正在缓缓游过。它是何时来到这里？或许它已观望多时，那么它又将游向何处呢？玻璃美人在街边超市买了盒小雪茄，再出来时，发现它散开了，这条大鱼身上扩散出一条条细纹，淡淡地，但形状犹存。它并没有走远，还在那里。后来它一直跟着她走，再后来它与月亮叠在一起，月亮成了它的眼睛。而且月亮有了一层光晕映在它身体上。再后来又有了缝隙，月亮光晕消失了，重新明亮。后来玻璃美人低头想她的心事，再没抬头看它。

再后来月亮暗淡下去，它也暗淡下去，外面披了一层灰灰绒绒的外衣，然后暗了一会儿之后，月亮又继续行走，并渐次明亮。它的形状越变越小已不是她初见时的那条鲜亮的大白鱼。它已不是它了。然后月亮离开它明亮地游走。她再走一段路后，它不见了，抬头是一片深深蓝蓝的天空，月亮也不见了。

突然，只有月亮出现了，孤单单又明亮地在暗色的天幕上。然后就只有月亮了。

还是月亮再没有别的了。

最后发现原来月亮跟了她一路。

就在玻璃美人最没有战斗力、心灵最脆弱的时刻，那些刻意来找她报复的流氓袭击了她。

晚上玻璃美人遇到流氓的报复追杀，玻璃美人在冲出血路的过程中左臂中了一刀。玻璃美人觉得这一日自己过得极端幻觉，恍如梦境。当时的场景很惊人，一女子左臂流血在前面奔跑，后面一群持刀流氓疯狂追赶。在两者的距离越来越近时，一辆橙红色运动版路虎停在玻璃美人面前，车门打开，玻璃美人被拉上车甩掉了流氓。

救玻璃美人的叫古丽，三十多岁，是个睿智、大气、极有领袖魅力的气质美女。古丽把玻璃美人带到自己家中为她包扎伤口。还好，玻璃美人的伤并不重。

古丽有过一次短暂的婚姻，现在一个人居住。交谈中得知两个人经常去买烟的雪茄店居然是同一家。古丽常抽的是细长的口味清淡的雪茄，玻璃美人的则是大大的粗粗胖胖香郁浓厚的雪茄。两个人的习惯也很相似，即很少当着别人的面抽烟。不过这回两个人破例在一起抽起雪茄来。

古丽的社会活动很多，是很多社会组织的负责人。她十五岁考上科技大学，本科毕业后转入文科学习，先后跳级取得政治经济法律心理等方面的博士硕士学位。古丽从小就是学校、班级干部，天生具有一种领导才能，一种无形的魅力，无论男女老幼都能被她打动。玻璃美人很少向别人讲自己的事情，但在古丽这里却自然而然地敞开了心扉。古丽就是这么特别，人们都对她无比信任，玻璃美人也不例外。古丽劝玻璃美人这些天不要出去了，她一定已被那些流氓盯上了，这段时间就住在古丽家养伤。玻璃美人答应了，她第一次这样顺从别人，这连她自己都感到吃惊。

古丽家中的书很多，她给玻璃美人推荐了一些，玻璃美人读着读着就被深深地吸引了。自开始练武，玻璃美人就退了学，但她一直没断了读书，都是依着她的性子杂七杂八地看。古丽因为事情多常常很晚才回家，有时甚至不回来，玻璃美人就在古丽的小书斋过起专心的读书生活。古丽有空儿时，玻璃美人就与她探讨一些书上的问题。开始的时候请教的内容多一些，但不久古丽就惊奇地发现玻璃美人灵性超人，她很快就能与古丽在同一层次讨论问题，而且常常看似旁门左道却直指事物的本质。她较少受到应试教育的污染，获得的知识真实干净有效，省去了应试教育对学生成长的干扰和对生命的浪费。玻璃美人对读书愈加如饥似渴，逐渐地，她与古丽的讨论使古丽难以应付，而她对军事等方面的兴趣也拓展了古丽的思维半径。

　　玻璃美人和古丽在一起相处得很好，两人常一起坐在宽大的阳台上望着外面的风景边抽雪茄边聊天。古丽比玻璃美人大十多岁，玻璃美人有时觉得古丽不仅是自己最好的朋友，还是自己的姐姐，甚至是自己的母亲。那种对她亲生母亲不曾有过的对年长女性的尊敬与爱在这里第一次得到实现。她对古丽产生了依恋之情，她爱她，与古丽在一起她觉得很幸福。

　　人们都说母爱伟大，人不能不爱自己的母亲。玻璃美人不觉得，她认为母亲这个称号不是人人都配的，以为生个孩子就可以倚母亲卖母亲是大错特错了，很多母亲无耻、肮脏、丑陋，令人不齿。

　　古丽对玻璃美人的影响是深远的。而玻璃美人惊人的美丽和独特的个性也吸引着古丽。旁人认为是"学院派"和"野路子"的互相吸引。

　　小萍觉得现在的食物越来越不好吃了，菜没有菜味，鱼没有鱼味，水果没有水果味。那硕大如干枯柴禾般无味的大枣就像这个时代一样变态。她从小在农村长大，知道一些东西是怎么做出来的，如西红柿是怎么被催熟的等。但她发现自己离开农村的几年，此类事在日新月异地迅猛发展，其爆炸般的增长和发展远远超出了她的想象力。

　　这一天时间小萍和赵明过得不太顺。

　　早晨一出门，小萍脚上穿的刚买的新鞋就坏了，到修鞋的地方一问才知道自己的鞋是用纸壳做成的。穿着快要散架的鞋子艰难捱到家，又听到赵明自行车被偷的坏消息。

换双鞋子再出门来。因心情不好，没有看路，小萍经过一被盗走了井盖儿的马胡路时一脚踩空，瞬间本能地拽住了马胡路的沿壁，然后大声呼救。旁边的路人也很惊奇，刚刚还好好走路的一个人忽然从地面上消失了，等回过神来才意识到发生了什么，立刻把小萍拉了上来。小萍很后怕，这么深的马胡路，摔下去非死即伤，若死了还好，伤了哪里有钱治呢。这段时间路上很多井盖被人盗走卖了废铁，已有不少人掉下去被摔成了残废，也有少数摔死的。

惊魂未定，小萍见路边有一公共座椅，想坐下休息一下。刚走到椅子跟前，不料，有个妇女突然斜刺里冲过来，一个大屁股坐下去，抢占了这个位置。

小萍只好继续向前走，路过一个卖杂货的摊点，里面正放着电视节目，小萍被几个画面吸引了，停下看了几眼。店主见小萍看得起劲颇感不舒服，"啪"的一声关掉了电视。

小萍连公共汽车也没有上去，那些蜂拥而上的男人生生把她挤了下来。她长得那么壮健，那么具有野草一样强大的抗压力和在缝隙中求生存的能力，但她今天还是被挤了下来。今天的男人好像疯了一样。

后来终于上了一辆公共汽车。偶回头，猛见后面一男子正用眼睛瞪着她，她吓了一跳。过一会儿，再慢慢转过头看时发现，原来那人的眼睛就长成那个瞪视的样子。坐在车上，一女子扶椅把的手夹住小萍的发丝，夹了几次，女子终于换了个地方，嘴上微露笑意。不远处还有一抽烟的女人，极不正常又极正常的样子，在小萍望着她的时候怪异地看着小萍，令小萍心头一惊，立即将自己的视线转移到安全地带。车上的人越来越多，下车时很拥挤。一中年妇女使劲儿揪小萍的衣服不放，小萍不得不说："请别揪我衣服。"中年妇女头也不回地边下车边不紧不慢地留了一句："不揪你揪谁呀！"小萍有点儿哭笑不得。

　　红绿灯也和她过不去。小萍今天想遵守一次交通规则，她是这样做的：红灯停，看绿灯亮才走。但绿灯亮的同时，转弯的车辆也一个接一个呼啸而过，根本不给行人让路。等红灯亮了，转弯的车才停下来，但这时行人也走不成了。就这样严格按红绿灯行走，10分钟过去了，小萍也没过成马路。有的红绿灯设计不合理，行人刚走几步，灯就变了，让遵守红绿灯的行人站在车流滚滚的路中央不知所措。这样的路口，没有风一般的"身手"是过不去的。设计者一定没亲身试过，没考虑行人过马路需多长时间。还有的红绿灯，指示行人通过的绿灯似乎永远不亮，超过人能忍受的底线，如果你按它的指示行事，怕是这辈子都别想过马路了。有时令人不能不这样想：红绿灯的设计者压根没把这红绿灯当真，或者极少考虑行人的切身感受，可能觉得行人的感受不重要，可行性也不重要，交通指示灯就是个参考，是个摆设，哪有那么死板的？正常人得用抢行之类的潜规则行事。更严重点儿，让人觉得这样设计是存心挤对人，就是不想让人遵守交通规则，遵守交通规则反倒要受到惩罚。

小萍最后还是用自己平时闯红灯抢走的方式迅速通过了路口。过马路只能是抽空，瞧准车的空隙通过，红灯绿灯不重要。这就是小萍等行人们得出的结论。

红绿灯像生活中的许多小事一样堵塞你的血管心情与新陈代谢，无理荒谬，处处为难，不讲道理，似乎在怂恿你不遵守规则，守规则要被惩罚。不抢就没有了，肯定没有，不抢就永远上不了车；得恬不知耻地向前抢，不抢就没有生存机会，不抢就无法生存；权利靠抢夺得来，先机靠抢夺占有，不抢没人维护你的正当权益，不抢只能是活该倒霉了。

中午，小萍买简单的东西做了午饭，没想到却与赵明两个人吃得上吐下泻，几乎是连滚带爬到了医院，医院诊断是食物中毒，并称今天像他俩一样中毒的人已有十几个了。医生给他们做过治疗之后，小萍问："平时怎样才能避免这种食物中毒？"医生拿出一个单子给他们参考，说以后对这些食品要慎重辨别单子，看得小萍和赵明眼花缭乱：

高致癌大米（陈化粮、民工粮）以及用这类大米加工制作出的膨化食品等，食用这类大米，轻则出现恶心等现象，长期食用还可能致癌；毛发水勾兑出的毒酱油；敌敌畏泡的鱼干；在掺入甲醛的浸泡液中加工的各类水发食品；含有甲醛的毒蜜枣；残留农药超标的蔬菜水果；剧毒高残留农药的"无公害"蔬菜；用"瘦肉精"饲养出的瘦肉型猪肉；喂避孕药的黄鳝；用牛血兑洗衣粉和味精做成的鲜嫩的"鸭血";用矿物油加工制作的毒瓜子;用化学添加剂炒出顶级毛峰效果的劣质茶叶;用色素染制的绿茶;重金属超标百倍的碧螺春茶;用加丽素红喂养的鸡所产的红心鸡蛋,能引起严重贫血、白血病、骨髓病变等;用猪大粪浸泡制作的臭豆腐,臭水池里腌的榨菜;用人尿浸泡的鲜海虾;黑心月饼、掺加化肥的月饼;变质豆奶;用硫磺熏白的银耳;加有机染料染色的红辣椒、花椒;用激素催熟的草莓、猕猴桃;为使看上去新鲜用硫酸浸泡的荔枝;用石蜡做凝固剂的重庆火锅底料;用违禁的"工业盐"腌制的泡菜;用硫磺熏制的土豆;用"3911"农药浸灌出的肥厚、叶宽、个长、色深的毒韭菜,能导致食用者头痛、头昏、恶心、无力、多汗、呕吐、腹泻,重症可出现呼吸困难、昏迷、血液胆碱活性下降等;掺加"掉白块"的粉丝;霉菌多得无法用数字计量的乳酸菌饮料;用硫磺熏药水泡的"卫生"筷;用墨水染过色的"黑"木耳;价格低得出奇的假鸡精;糖精水和色素勾兑的"葡萄酒";细菌超过国家标准百倍的果脯、蜜饯;用骡马肉制作的名牌牛肉;用"掉白块"、色素加工出的红薯粉条;用"掉白块"、工业明胶等化学致癌物加工制作出的腐竹;用硫磺和工业盐保鲜的鲜竹笋;原料使用死猪肉、病猪肉并大量使用豆粉的肉松;黑心豆芽;黑馅饺子;有毒香肠;在质次的沤黄米粉中掺入有毒的甲醛次硫酸钠,做成洁白晶亮的"上等"米粉;在面粉里掺上廉价的滑石粉或大白粉,既增加了分量又使面粉雪白好看又好卖;给陈大米抛光涂上工业油卖个新米的好价钱;工业用酒精勾兑出白酒;用下水道淘出的"地沟油"制作的餐馆食物;三聚氰胺毒奶粉;用硫磺进行熏制漂白的毒桂圆；厕所旁边灌出来的滥用防腐剂的果汁；含苯甲酸、植物杀菌素、亚硝酸盐的方便食品、饮料、酱油、蚝油、味精；用病死变质禽畜加工成的卤腊方便熟食；含有大量氯霉素、土霉素等抗生素的禽肉食品；由刷墙浆等各种稀奇古怪东西组成的鲜牛奶；千人涮过的红油老汤；为少用面粉而使油条炸得肥大好看又好卖，往油条里掺入洗衣粉；毒猪油；添加化工原料"非食用冰醋酸"的老陈醋；矿泉水有致癌物；面粉里都添加漂白剂，大部分面粉中漂白剂过氧化苯甲酰超量，长期食用，身体会出现疲劳头昏、失眠多梦、神经衰弱等不适感，等等。

小萍和赵明都看傻了，这里还没包括致癌牙膏、苏丹红炸鸡、含甲醛的啤酒等等，加上疯牛病禽流感口蹄疫……还有什么东西是安全的，是可以吃的呢？这让我们怎么活下去呢？

小萍与赵明搀扶着回到家里。小萍的手机接到这样的短信："爸妈，我的钱和手机被人偷了，请速打1200元到我朋友建行6227007200610438246的卡上，具体情况当面再说，等着急用。"最近小萍及周围的人经常接到这样的诈骗短信，这些疯狂短信以顽强的毅力每天一个，坚持不懈、持之以恒，大有不骗出钱来誓不罢休之势。每天名称说法各不相同错落有致，如"你把钱存到农行，账号6228480120248359214，户名：陈小敏，请抓紧办理"；"请把钱存入这个卡上就可以，农业银行，姓名：陆艳兰，9559980839606937010，越快越好"；"原来那卡没用了，钱还是打到建行卡上，卡号：6222803328070610348，姓名：李敏"；"你交代的事情已办妥。

工行，王盛：6222022402003331184，尽快到位"；"爸妈：我和异性朋友在宾馆开房被查房警察抓住，请速汇5000元保释金到我朋友蔡军法的建行卡上，4367422871120260594，急！"；"钱还没有汇吧，那张卡的磁条坏了，这是我新办的建设银行卡，钱就汇到这个账户上，6227002080120038374，方兰"；"爸：我的钱和东西都被偷了，你快汇1500元到甘宝珍的建行卡上，6227003031080061612，他是我朋友，这手机是他的，快，话费也没了"；"6222023100015324978，户名：刘云。账号已改，请速把那款汇入这卡上。切记，谢谢"；"你把款汇入这个卡上就行了，农业银行6228480461008263216，姓名：李光明。汇完发信息"；"中国工商银行提醒您：贵客户您于1月1日在陕西商场购物刷卡6800元，将于结账日扣除您卡内现金，疑问咨询：029－62967909"，等等，最绝的还有这样的短信："领导：请把我送你的钱在明天上午以前打给我，否则我会把证据公开，农行卡号：6228480050533219619，蔡军法，多少钱你看着办吧"。

人什么时候变得这么无耻、这么搞笑了呢？

现在似乎进入互相抢钱、互相投毒时代。大家时刻在充满各种猫腻的细节中活着。到处是陷阱，到处是稀奇古怪的流氓行径。每个人都被陷阱与毒物包围。每行一步，遇到的也许都是弥天大谎，是人生的深渊。吃的所有食品都可能有毒，可能含有这样那样的化学物质，诱发这样那样的疾病。人人都需了解各种内幕成为专家，否则随处的陷阱令人无法生存。神经稍一松懈就寸步难行：汽车走不远，鞋子脱脚而出……陷阱密布。大家互找不痛快，他给你下个绊儿，你给她挖个坑……不互相玩死似乎誓不罢休。办事人员效率低下，故意拖拉设阻，障碍重重，为一点小事就要打点无数的人。人人都气不顺，人人都势利，人人都嫉妒，人人都想方设法利用自己仅有的一点点权限来夸大地刁难别人。

赵明很快睡着了，小萍觉得自己的身体还行，决定上街买点东西以准备晚饭，因时间还早，她就慢慢逛了起来。

路过公园时看到一景，小萍觉得如电影中的画卷般令人震惊。公园大门两侧有三把椅子，椅子上坐着七个男子，一模一样的上衣，一模一样的发型，一模一样的姿态，脸上的表情令人觉得不可捉摸。这是些什么人？间谍？杀手？培训的特务？劳改犯？上衣有点像软鹿皮，颜色也是，类似土黄色。这么七个人一水儿齐刷刷地坐在公园门口，让人不奇怪是不可能的，安静之中让人感受到一种异样的气氛。她最后释然，或许是外地来的人穿着单位发的统一工作服吧。

接着，又看见一个女人从远处走来，越看越想越令人觉得可疑。她很引人注意，因为是浓妆，是烫染的黄色的披肩卷发，极瘦的身材。但一走近就觉得她一定是个男人。"她"个子很高，有一双着高跟鞋的大脚，胳臂是肌肉干巴型，腰与屁股是一直下来的，没有曲线。而从"她"偶然一提裙子的极不协调动作，更直接地告诉观者"她"是一个男人。男人扮成女人并手提一暧昧黑包匆匆而过，实在有些可疑恐怖。这是一种角色的隐藏，神秘而不可知。

小萍定了定神，在绿化带边的椅子上坐了下来，开始有一搭无一搭地想自己的心事。

小萍在自己的小圈子里（如保安、保姆、清洁工等）是很能搞掂些事情的，在这些人可能具有的一点职权范围内，他们对别人可以人为地设置障碍以做做小手脚，小萍却能搞点特殊化。其中保姆小芹与她的关系走得较近。说来也怪，小芹与小萍是完全不同的两个人，人们都想不通她们俩为什么关系那么好。与小萍留给人们的好印象不同，很多人都不喜欢小芹。

当然小萍家里的伤心事是一直没人能分担的。她更不敢跟赵明谈起，因为赵明对她的事没有任何兴趣，大多数时间对她极不耐烦，她只能努力投赵明之所好，哪敢给他添一点儿堵呢。

有段时间小萍家里的事有过些转机，听说哥哥是被误判了，一个狱中的犯人招供了杀人之事，经查明，小萍哥哥是无罪的。闻此消息小萍震惊悲愤五味杂陈，家中的不幸就是从哥哥被抓开始的，而可怜的哥哥是无缘无故丢掉了性命，他什么也没干呐。那时还没有国家赔偿一说，小萍因哥哥的事回到村里，村里和公安部门的相关人员看望了她。村里的干部说，咱们得感谢公安人员的英明，给你哥哥平了反，你爹娘死而无憾了。公安人员走后，小萍忍不住对村里干部哭诉："他们怎么就认定我哥是坏人，现在人都死了，什么都来不及了呀……"

多年以后，历经更大范围更多时间的见闻，小萍发现她果真是该知足的。

有次回乡的路上，她认识了一个被称为"网上维权战士"的人。他就在她的邻村长大，后来考上了大学，毕业后去京城闯荡，几经波折，直到建立一维权网站乃至小有名气才算安定下来。小萍的事他管不了，他只能民间对民间。

在小萍打工的餐馆，老板娘张姐家里遇纠纷久缠未决，小萍遂将"维权战士"介绍给张姐。张姐对小萍刮目相看，工作中给小萍不少方便。但半年后张姐对小萍充满埋怨。她对小萍说，那"维权战士"不能完全说是个骗子，但他利用在维权网的影响，吃拿卡要，从我们这儿拿了钱也跟对方要了钱，事情表面上算解决了一些，我们却并没真正得到我们想要的，太坑人了。我们本来就是弱势，又能拿他怎么样呢，又敢拿他怎么样呢？她求小萍帮个忙看能不能向他要回一点钱，因为这些钱都是家里人四处借的。小萍觉得很为难，她与他虽算老乡但远没熟到这种程度。可自己在张姐手下干着，这事又是自己牵的线，只好硬着头皮约"维权战士"见了面。当小萍委婉地说明了张姐的意思，"维权战士"矢口否认，他说他没拿过她的钱，他让她拿出证据。小萍将"维权战士"的话转达张姐，张姐脸气得铁青：如果他不想退一点钱就算了，竟然睁眼说瞎话。他不是"维权战士"吗，怎么这么无赖无耻。

后来，静下来，张姐叹着气对小萍说，没办法了，一点办法也没有了。再后来张姐一看见小萍就想到自己的烦心事，就抑制不住自己的火气，小萍也觉得这里不好待下去，就辞职离开了。

不久，"维权战士"也被抓了，但不是因为"吃拿卡要"。这回他是为自己的亲属抱不平,以记者身份去调查对方黑幕,结果被对手设下圈套,以嫖娼等罪名抓捕入狱的。

今天小萍很不顺利。上午,她看到一则广告去应征,这是她听说的唯一不限户口、不限学历、待遇又好的。因为不认路,她一路打听过去,却很少有人认识,有车夫认路却向她要问路费,她只好交了费。交完费她并没真正到达目的地,而是到了另一路口。这回是一修鞋匠认路,同样得交问路费。几经波折她才到了用人单位。用人单位的看门人不让她进,小萍说她是看了广告来应聘的,看门人就是不让她进。后来她见别的应征者向看门人手中塞钱就顺利进了门,自己也只好照办。她很心疼这点钱,因为还不知道能否被录用。看门人嫌她给的少,但还是皱着眉头让她进了。

小萍今天完成各种小事都重重受卡,历经形色之人N类卡拿方式,小萍应付得筋疲力尽。一切是被人为拖误的,脚步是被人为拖误的,社会是被人为拖误的,生命是被人为拖误的,人生也是被人为拖误的。现在的社会风气就是以让人处处不便为风尚,一旦有机会人人都想在自己尽可能的范围内设置重重障碍、关卡以获取权力和好处。一个个不必要的程序被想象和发明、创造出来。在这方面人们显示了旷所未有的聪明才智和天才的创造力,每个人都有自己的方式,都想最大限度地挖掘自己的权力可能,凭空设置一些可以要挟的东西,把一点小环节弄得复杂又复杂。如我的职位是清洁工,如果你不给我好处,我也可以想方设法对你不利。如我是一公共图书馆,也要对读者像对犯罪嫌疑人一样反复拍照程序繁琐尊严丧失地才能让你在图书馆看到一张报纸，而且还要受到素质低下的管理员的不断骚扰。小萍亲眼看见读者如何被欺负，甚至因一点小过错被管理员伙同保安设下套路想方设法地抓起来。小萍非常了解这位从家乡来到这个城市偶尔被聘为图书管理员的老乡的心理。

出乎意料的是，小萍顺利通过了面试。他们说她被录用了，只是要先参加培训。交了培训费，她被告之可以上班，但要试用几个月，这几个月是不发工资的。

其实后面的结果已可预见，试用期满会告知她不适合这份工作。半年以后的结局果真如此。实际上这就是一个以招聘之名收钱、榨取免费劳动的骗局。

不过小萍最终觉得自己还算幸运，因为她听说老家的两个表弟找工作被骗，被人拐卖到黑砖窑过着比奴隶不如的日子。其中一表弟仅仅因动作慢点就被监工打坏了，变成一个残疾人。当时幸逢公安解救者赶到，否则表弟会像其他失去劳动力的生病者一样被活活埋掉。

步履艰难的一日。这粗糙得使人鼻青脸肿的生活。偷生吧，像虫子一样活着。

各种骗局，各种这个年代人发明的奇异、荒诞之把戏。

假烟、假酒、假币、假银行、假发票、假农药、假种子、假化肥、假零件、假证件、假学历、假论文、假车票、假警察、假记者、假新闻、假首长、假检查组、假哈巴狗、假化妆品、假2B铅笔、假……什么都是假的。骗子横行,满街都是当,说上就上上了;到处都是陷阱,说掉就掉进去了。

　　下午,小萍这样在街上走着走着就掉进了一个陷阱。她被一女子拉住劝说去做免费皮肤测试,小萍经不住游说就跟她进了美容馆。美容师在她脸部涂上了白色膏状物,又拿了一个不锈钢小瓶在额头弄了一会,最后让她照镜子。她发现她的额头变成青黑色。美容师说,她的皮肤含铅量太高,所以才变黑了,花钱可以用分解水将脸洗白。小萍问:"如果不花钱呢?"美容师说那就只能在美容院里等,等皮肤自然变白,但这个过程不知道要多少小时。小萍知道自己上了当,这种当她已上了不止一次。

　　她知道自己长得丑,又没钱,美容尤其免费美容一直是她的软肋,在别处精明的她在这里显得弱智起来。上次她也是在街上被好几个人先后劝说去他们那里进行免费文眉,有大嫂大叔大哥也有小妹。被粗粗黑黑的大叔大妈拦住时,她没有动心。她想,你们自己那么丑为什么不美容一下?后来一个干净漂亮的小姐对小萍执着相劝,小萍动了心,跟着去文了眉。文完之后向小萍要钱。小萍:"不是免费吗?"人家说:"文眉哪有免费的,是设计眉型免费,你的眉型不是我们免费设计的吗?"不提眉型还好,看这文在脸上的眉毛怎么看怎么不像自己的,如果说文眉之前还算丑得和谐,文眉之后就是丑得别扭了,完全是毁了容。但人家不承认。人家摆出黑社会的架势胁迫她出了钱。脱身之后她报警、起诉都没有成功。首先她没证据证明人家说了文眉免费,其次文眉毁了容也要看法院怎样认定，美容院恰恰黑道白道都有人。小萍败诉，只好自己花钱去别处将文的眉毛洗掉。

　　后来挣钱多些，为改善自己胖而无胸的身材，小萍倾注自己全部积蓄注射隆胸，用的是"奥美定"。结果隆胸不成反被所害，落下终身残痛。还有牙齿，小萍虫牙蚀掉了两颗，去一牙科小诊所镶牙。院长和医生劝她镶两颗烤瓷牙，是特价，她同意了。医生给她实施口腔麻醉后进行了磨牙操作。麻药的作用很强烈，嘴木木的根本说不出话。磨完牙小萍发现她好好的二十颗牙齿都被磨成了米粒大小的恐怖样子。她很生气地质问医生，医生却说是为她好，全部换成烤瓷牙美观。小萍向他们讨说法，他们则先是说磨牙征得了小萍同意，后来干脆推得一干二净，不承认为小萍磨过牙。小萍四处投诉都没结果，最终只能去更便宜的私人小店将牙齿勉强安装一下了事。

　　这些事情刚刚告一段落，小萍今天再次蹈入此圈。她出了钱才将自己的脸恢复了原样。

　　一出美容院大门，小萍看到了这样一幕：
　　一只野猪跑到闹市。
　　这野猪迎面与小萍对视了两秒，然后仿佛略一思索向旁边跑去。
　　光天化日之下，野猪怎样闯入闹市，这真让人百思不得其解。这里是香榭丽闹市，深山中的野猪如何出现在这里，它是怎样暴露的。
　　它在人们的围追堵截下慌不择路横冲直撞，它向一切可能的地方进行钻藏，它躲入高的遮挡物，它从窄道冲出，沿路向街道狂奔。它撞入香榭丽一建筑工地，又纵身越过三米高的院墙，闯入一正待拆迁的平房（钉子户）中，与没防备的房主撞个正着，野猪照着他的大腿就是一口，然后逃入房内。这时围观者已达数千，人们手持锹棍刀棒砖头等各色利器以待。闻讯赶来的警察持枪向野猪射击。第一枪没有致命，野猪向开枪者扑去，开枪者危急中用枪一挡，它将枪托吞掉大半，向外逃去，但见人多无路只好又向回返，却被几警察的枪同时击中。它倒地，唯恐不死，围观的人们纷纷用刀连捅。

事情告一段落，警察要把野猪拖走，被咬伤者及家属一齐拥至车前，认为野猪应该归他们，因为野猪跑到了他们家中并咬伤了家人。警察和围观者百般解释都无济于事，争执中这家族中的女子泼性大发，竟扯去一警察的手表，撕破规劝者的衣裳。最终，他们如愿将野猪拖回家去。

今天还有一头牛引人注意，这头牛知道自己要被杀时，没有像其他牛一样束手就擒、流着眼泪待宰，而是拼命反抗。它疯狂奔逃，遇到拦阻的人就冲撞，一路逃到河边，人们抓捕得很吃力，于是将之称为"疯牛"。

对于牛来说，在被屠前流下眼泪已是很长时间的事了。今天这头牛不是"疯牛"，只是在求生而已，可是谁会为它说话呢。

西西说她也一样，尽管她不屠宰，但她吃各种动物，包括牛，时时无法抵挡动物的美味。这样说起来，尽管她是一美女，也算一贪婪的肉食动物，在鱼等动物眼中可能如同流泪的鳄鱼一样恐怖。

这件事见报后，疯牛病就开始在全球发生并蔓延了。

频频发生狗咬人事件，一村子一村子的狗被人屠绝。狂犬病卷土重来。还有猪瘟。

总有乌鸦在闹市大批聚集，不仅在银座的楼群上，人们有时偶一抬头会发现天空有大片大片的乌鸦盘踞，蔚为奇观。在冬日日落大街车来车往的路边，会忽见路旁光秃秃的树枝上密密地缀满了数也数不尽的乌鸦。这与一般印象中乌鸦喜欢在无人的荒郊野外的常识完全相悖。

小眉家的一个郊区别墅发现有只熊从山上下来掰果子，并在别墅的游泳池里洗上了温水澡。

据说蚂蚁是动物中最好斗的。今天蚂蚁没有饭吃，今天蚂蚁感冒了。

墙上那一群一动不动如同雕塑一样的马蜂到底怎么回事，如同在举行某种宗教仪式或是殉难的集体，她看出了神。

据说目前世上发现的唯一的恐龙在澳大利亚孤独地活着。

她一个人坐在那里傻笑，欢乐充溢了她的心，她的笑喷涌溢出，无法抑制。她颔首再笑，又笑，抿嘴笑，不能停止。微笑、轻笑、有声音的笑，含笑，她心中念念有词。

第六章
Chapter 6

潮流是不可阻挡的

潮流是不可阻挡的

西西醒来的时候是在妇产医院。看见妈妈守在她的身边,才知道自己还活着。医生们拼凑了西西破碎的生命,灵魂又在肉体上游走了,二者又合而为一了。奄奄一息的生命得以幸存,使之从对世界一丝零星的知觉开始又生成足够粗壮的神经,对世界的印象得以持续和留存。我们的肉体能坚持多久是不知道的,它有它的定义,有它顽强的秘密。

妈妈告诉西西她已经昏迷好几天了,是玻璃美人把西西从格林威治山西街救下来送到这里的。西西说,玻璃美人恨我,她为什么会救我,难道不是她找人来打我的吗?向东怎么了,他为什么离开我?我被打的时候有警察看见了,我向他们求救,他们却不理,这是为什么?这到底怎么了?妈妈说,玻璃美人没有害西西,是玻璃美人救了西西的命;向东离开西西是再正常不过的事情了;警察不救西西也是有原因的。西西需要时间了解这八个月发生了什么。

因为通讯戒严,电话网络都不通了,所以临近西西回来的日子,妈妈几乎每天都去三目街看西西到了没有(妈妈还曾在西西门上贴条留言,但不知被什么人揭去了),只有那天因为妈妈与古丽有重要紧急的事没能去等西西，没想到西西就几乎丢掉了性命。

西西的母亲是著名生物学家，是首例克隆羊实验的参与者之一。就在西西去灵山的第二天，她与几个科学家一起成功制造出克隆人。

事情是在不知不觉中悄然发生的，以加速度的方式。每个月的不断变化相当于过去的几年甚至几十年。这个时代一切都是瞬间开始又瞬间结束，以风卷残云般，简化与加快了许多程序，简明扼要，蜻蜓点水，让你来不及细想，甚至仅给出你一点预示和方向，就不屑于再详细了，使许多古典的方式和惯性不能实现了。这么快就无一人不戴口罩了，这么快就无一人戴口罩了，这是什么样的频率和步调。

时代就是这样进行的，一片聒噪之声被无情淹没，没留一点痕迹，没有一点多嘴的余地，包括还要张嘴申辩的机会。

生活中为什么总是那么多破绽，不合逻辑，驴唇不对马嘴，让人百思不得其解。

有阵子，社会上的先锋人物都流行在脸上贴个大包，包上用各种颜色和图案进行装饰……后来大包突然间消失，以迅雷不及掩耳之势。

社会上的"厌女"之风愈演愈烈。

怀孕的女孩会用人工流产的方式解决。女大学生毕业找不到工作，已工作的女性面临被辞退、解聘的问题。社会的离婚率猛增，不是因为有了第三者，是因为厌倦——家庭令人窒息，配偶让人厌倦，即便是孩子也没有想象中那样令人牵绊。一个思想解放潮流蓬勃发展滚滚而来。人为什么活着，女人对男人来说有什么意义吗？传宗接代？不需要了，克隆等各种技术已可以让人类轻易延续后代；爱情吗？更是不需要了，所谓传统男女之间的爱情不过是人类为造人在体内产生的一个功利性的反应，现在这个目的不存在了，那这个手段又有何意义呢。况且同性之爱完全可以解决这个问题，同性之间更易沟通和理解。不是说男人来自火星，女人来自金星吗？既然男人女人根本不是一个星球上的人，为什么仅仅为了生育后代就要经受身心的痛苦风暴，像着了魔发了疯似的恋爱结婚备受煎熬呢？这段时间，同性恋运动风起云涌，以一个"一半一半俱乐部"最为著名，早期它仅仅是一个男同性恋者聚会的酒吧，后来不断发展壮大，现在已成为新文化的骨干力量，是"口罩党"的总部。他们认为异性恋并不是"自然的产物"，而是一种依赖大量权力、精力和暴力加以维护的制度，异性恋是强迫性的，异性恋角色令人厌恶。他们质疑，在异性恋之间有爱的可能性吗？婚姻和家庭的社会制度是可疑的，是一腐朽的压迫。

当人的出生不再依靠夫妻生育而是人工生产时，当人的生长不再依靠人与人之间的关系时，会怎么样呢？有一时期，男女之间只是婚姻关系，同性之间才是恋爱关系。人人处于一种人格分裂阶段或者是对传统社会遗迹的惯性保留。人们衣服穿得越来越少，最后完全裸体了，然而人们的性欲也愈加少见，男女之间已很少产生性爱活动，生育率大大下降、停滞不前。面对此种现象，社会各方人士忧心忡忡，建议人们以穿衣的方式体现性感，并大力提倡性交（使用各种方式奖励），但毕竟于事无补。异性恋社会的崩溃似乎不可避免。

"口罩党"以佩戴口罩标志而得名。"口罩党"一度是时尚。人们曾因诸式机缘接触到"口罩党"种种，以各种方式与之发生直接或间接的关系。

"口罩党"的前身是一个民间环保组织，叫"绿党"，提倡绿色生活。"绿党"前期的人数并不多，常举着小旗，有时还划着小船，四处呼吁保护环境、反对污染等破坏环境的行为。"绿党"的后期，人数不断增多，势力不断扩大，组织的宗旨也由保护向清洁、清除倾斜。他们开始侧重清除污染、清洁环境。他们认为如今地球上的垃圾太多了，已经到了威胁人类生存的危险境地；资源紧张，面积狭小，而人口剧增；垃圾等肮脏之物占据了太多空间，严重影响环境，大大妨碍了人类生存，再这样下去，人类将被垃圾埋葬。

在"绿党"阶段是众所周知有这么一个组织，经常为环境问题进行一些宣传、抗争等。到了"泛蓝"、"泛绿"、"泛紫"、"泛青"阶段影响就不那么大了，知道的人也不是很多了。"绿党"发展到"泛青"阶段时，一个叫"棉纱"的领导人上了台，他整合各种力量将"绿党"改为"口罩党"。这使"绿党"发生了历史性的质的转折，更加突出对地球污染物的清剿，主张清除、隔离和戒绝。他们反对工业文明，主张毁掉汽车、飞机等工业产品及相关技术。后来他们竟做到了这一点。

人类也是可以瞬间回到原始社会的。

"口罩党"一时从上到下、从左到右、从三角到圆周席卷了整个世界。势力很快扩展到军队、政府、国家政权等。"口罩党"纲要：这是一个备受污染的世界，用戴口罩的方式以示名志。后来他们还将口罩摘下来变成徽章戴在胸前，这意味着"清除"，对世界垃圾进行清除以拯救世界。

凡"口罩党"成员须人手一白色口罩，口罩的佩戴方式分成不同阶段，有口戴阶段，有臂戴阶段，有缝在前衣上的阶段，也有挂在后背上的阶段，有用棉布等织品制作口罩的阶段，有流行口罩徽章的阶段，也有不拘一格，只要有口罩标志就可以的阶段；还有很长一段时间"口罩党"并不建议成员佩带口罩标志，因为这会使成员与周围人显得格格不入，相反，"口罩党"需要成员深入群众，多做群众的思想工作，广泛地发展成员，团结一切可以团结的力量，不断壮大"口罩党"的力量。这时一些女性也被纷纷吸收入"党"。"口罩党"的发展轨道是渐行渐变的，前后分几个时期：前期他们团结一切可以团结的力量，争取更多的人加入"口罩党"，包括女性。很多女性为"口罩党"的发展做出了巨大贡献。中期，利用女成员打击、消灭女人。后期，女成员受到排挤，并让女成员自杀为"口罩党"效忠。

在社会的"厌女"之潮蓄势待发之际，"口罩党"敏锐地感应了这一切，领导了轰轰烈烈、排山倒海的批判、歧视、打击、排挤女人的"倒女"运动，并与自己组织的宗旨结合得天衣无缝，走到这一潮流的前列。他们认为女性是一有极大缺陷的人类，她们天生就是肮脏的、不洁的,正是这地球上的垃圾和麻烦制造者,是引起混乱又占据众多资源的劣等人,多少男人为她们而死,为她们服务耗尽了一生,受她们的气,忍受她们种种无礼的要求……现在是男人们应该觉醒的时候了。清洁世上一切不洁之物,解放全人类,解放三分之二还在受苦的男人。女人是世界的毒瘤。清算女人时,男人们纷纷回想起女人的诸种过错,例如,向东就想起了西西身上的一些弱点,并由此得出女人缺陷之结论。现在到了一个彻底清算女人的历史时代,在这种氛围下,每个男人都能挖出与自己相处、相爱过的女人的不足,以找到现时代革命的佐证和意义。

"口罩党"要通过暴力革命,清理地球建立一个理想国。

而领导"口罩党"站在这一潮头的正是"口罩党"领袖"棉纱"。"棉纱"以他雄辩的口才、无以辩驳的说服力及强大的煽动力,受到热烈拥戴和欢迎,所到之处皆为一片口罩之汪洋。

"口罩党"的革命宗旨:发动一场史无前例的大革命,这将是惊天地、泣鬼神,震撼历史的。

很多人一度与"口罩党"擦肩而过,远远看去曾对此组织不以为然。有的人偶被朋友拉去加入后,受其氛围感染,变得亢奋与疯狂。于是他们也回去发展许多"下线"。组织成员一个个面泛红光、眼神狂热。很多人觉得自己好像一下子通了电,人生重新有了意义。

"棉纱"的策略是先把之发展成一种时尚,团结一切可以团结的力量,在力量稳定后逐渐实施真正最终目标。它历经萌芽期厌女，诞生期排斥打压女人，发展期的隔绝削弱女人，乃至高峰期的力图灭绝女人。

"棉纱"在人们眼中很神秘，对他，人们有种种传说。其一，"棉纱"几次与女人恋爱失败，对女人很仇恨。作为男人，他有生理缺陷。其二，他实际上是个女人，但因为讨厌女人，就做变性手术变成了男人。其三，他是个中性人，在做变女手术中失败，只能变成了男人。其四，他本是一个中性人，是一个具有超强预见性的天才，他适时抓住了历史性机遇，在将自己变成一个男性的同时，也变成了能改变世界颜色的主宰者。他是一极具韬略的政治家，适时洞悉社会发展潮流，使自己的"政党"顺应这一潮流并脱颖而出。还有一种很具主流的说法，他从小受到母亲的粗暴对待，导致一生憎恨自己的母亲，一生憎恨女人。

"棉纱"是个外表魁伟的大胡子男人。但如果去除胡须，人们会发现他实际上长着一张极温柔小巧粉嫩的樱桃小口。他的大胡子一旦去掉，留下的将是一张女性化的脸，小嘴、小鼻子、小眼睛。大胡子道具般带给人完全的错觉，令"棉纱"看起来仿佛一粗犷男人。

据传，"棉纱"在与女人的关系失败后，一度意志消沉、满腔怨恨，气郁之下跑到山中，整日在一棵歪脖树下冥想。某日突然得道：女人是祸水。人类有史以来，多少铮铮男儿为女人所害，现在是厘清这一切的时候了。那浓雾迷漫爱得死去活来的背后不过是需要女人生孩子的动机，现在生孩子不用她们了，能克隆了，一切就清楚了。女人有什么使用价值呢？她们抢我们的饭碗，折磨我们的神经，与我们斗智斗勇，是男人烦恼与不幸的根源。她们花枝招展勾引男人，不劳而获占尽便宜。男人要付出多大辛苦才能在社会上占一席之地，她们有时一个眼神就迷惑了英雄王者。一切要女士优先，为女士开门，为女士拉椅子……凭什么？女人只是一根用来传宗接代的肋骨。现在不需要女人了，一切都不成问题，女人有何存在的意义？女人不过是男人的一件衣裳，可现在男人已不需要这件衣裳了。她们占用地球多大空间和资源啊。女人是不祥的，是巫，是带来SARS之因由。女人是不应存在于世的种群，是男人的负担，是社会痛苦不幸的根源。女人是不洁净的，形象是丑陋的，是世界上垃圾的源头。女人增加了世界的混乱，增加了世界的难度、人生的难度。女人应被清除被打倒。"棉纱"的学说从哲学到实践一并由他实施。生活有了让他精神抖擞的目标。

在"棉纱"的领导下，"口罩党"一系列强有力措施的推出，使"口罩党"的影响遍及社会的各个角度，在各政府机关企事业单位厂矿农村等发展了大量的"口罩党"成员。没有用武装斗争的方式，"口罩党"已在事实上掌握了天下。西西想起以前与向东一起去见他的大伯二伯，记得他们家里不仅放着许多口罩，而且还有一些口罩徽章。随便问了一句，他们却有些讳莫如深的样子。当时没有多想，现在恍然，那时向东的大伯二伯就已是"口罩党"成员了。西西想起自己去灵山做行为艺术之前，偶尔见过一些戴着口罩标志的人。仔细想想好像还有一次走在银座大街，有人向她散发传单，劝她加入"口罩党"，她没有在意。没想到转眼之间,"口罩党"已覆盖了全社会,发展成如此之大的势力。西西去灵山向东送行,曾发现路上有几个显得突兀的戴口罩者,西西觉得有趣,向东觉得好笑。没想到这一切至关重要,一切由此而起,一切翻天覆地,一切不可收拾,不可逆转,一切分崩离析,一切如同原子弹重塑了世界。

人是一种多么有灵性多么活性的动物,全身每个细胞、神经无时不在运动;人是多么有韧性又易损的活物,浑身上下的气场盈动变幻,从生存到死亡。

过去她对男人的信任天真而良善,她不知道男人如此不祥。他可怜巴巴地向她乞求把她的肾、她的肝换给他即将坏死的两个器官,她没有战胜他的可怜,同意了。他终于活了下来,她死了。

在西西走后没几天,社会上"厌女"运动开始,之后以几何梯级爆炸般变化增长。这种潮流是摧枯拉朽的,任何质疑和反对都不堪一击。

在这场明显对女性不利的运动中,女性是怎样的状态。

这场运动的开始实际上是以时尚流行和时髦的方式闯入人们的生活的,流行"厌女",甚至女人自己都讨厌女人,流行同性恋,流行离婚。"口罩党"在这过程中做的一件大事就是领导了全社会的离婚运动,每家每户都办理了离婚手续,在财产分割上采取男女平分的原则,子女:男性跟父亲,女性随母亲。同时逐步建立男女分区,大力提倡同性恋爱。如果是中性人则必须尽快做手术选择一个性别,不允许不男不女地活着。对女人,"口罩党"

采取了分化瓦解的政策。将强烈反对他们思想的女性归入猛烈打击、孤立、报复之列，对认同他们关于女性较为劣等观点的女性视为"可教育好女性"，给予庇护，对有重大立功表现的女性给予赞扬和奖励。这一方式很有效果，好多女性为自保，纷纷立功、告密、倒戈，有的甚至成为这场革命的急先锋，一些女性的地下抵抗组织，如"粉红帮"等遭到不同程度破坏。

那些平时分散着的人怎样就突然能汇聚到一起，并发出相同的声音，做出一致的举动。

女人上街游行反迫害，之后是男人上街游行高呼："打倒女人"、"驱除女人"……

西西明白在这样的运动大潮之下，向东离开她，父亲离开她和妈妈是很自然的事情。尽管西西悲痛欲绝但最终还是接受了这样的现实，她需要补课，需要把这八个月的空白填补上。她知道周围都震动起来，不仅仅是天空大地，整个世界都在晃动，猫也在晃动，地上的桌椅飞速来去。

这段时间西西做了几个这样的梦：（一）向东与西西手拉手走在路上，被一大眼睛男人看见，大眼睛一路跟踪西西和向东，甩也甩不掉。后来向东去迎上"大眼睛"，西西先跑了，她听见向东大声哭着斥责"大眼睛"。西西这时发现路上有那么多人在躲藏，那么多人在躲避别人的目光。她没想到路上有那么多人在躲藏。（二）那个清秀的小女孩神秘地说："其实我是个男人。"她杀人是习惯性行为。在单位里，她用一把刀子刺向别人的腹部。（三）在一个房间里，男人担心因女人呼吸了太多空气而使男人的呼吸空间减少，于是就压制女人要消灭女人。

　　除去与向东的生死之恋，西西也在回想与父亲的深厚感情。父亲非常非常爱她，总是竭尽全力为自己唯一的女儿提供各方面最好的条件。这个家一直被父亲深沉的爱密切地呵护与滋润着。有段时间她和妈妈对父亲做的事无法接受，可就是难以减弱对他的爱。父亲是有名的文物鉴定专家，但在他的"鉴定"下，大批应该保存的古建被拆除了。人们说他为拆除真古建制造假古建故意炮制了一条相应的理论，以获取巨额好处费。当西西想到自己家中的别墅，自己优越的物质生活条件很可能都由此换来时，感到难过和耻辱。她不能相信父亲是这样的人。从小父亲可不是这样教育她的，在她眼里父亲一直是完美的、优秀的。那么多不能再生的历史珍存，父亲怎么能昧着良心、怎么舍得把它们都毁了。后来人们说这类专家鉴定组，其实是个工具。按规定，这些古建是被保护对象，都是不能被拆除的，但找这些鉴定专家一来，不该拆的反倒被拆了。原因是反对拆的专家意见不被采纳，甚至根本不被邀请。西西的父亲造成凯旋门、金字塔、斗兽场等大片古建被拆毁。

　　西西伤心地问父亲为什么这么做，没有别墅我们也生活得很好，您这样让我怎么办，我从小相信的一切就这么垮了呀。父亲也很伤心，他说是爸爸不好，没想到会对你造成这么大的伤害，爸爸是想给你最好的生活条件。爸爸是变了，爸爸过去是相信什么的，后来不相信了，只相信现时现在和生命的短暂，只相信你和妈妈是我生命中最重要的，那些恒久的价值都与我无关了。过去爸爸一直是掂着良心做事的，但是没用，社会已经无法控制地垮下去了。爸爸也为毁掉的众多古建和文物痛心过，但没有一点作用。我不赞成拆也会有人赞成拆。西西说，可你为什么主动为拆方制造理论。父亲说这是顺应主流，这是成为这个时代主导者的方式，否则不仅是不受欢迎之人，还一无所获。生命如此短暂，爸爸只想给你和妈妈最多的幸福。对不起，爸爸没想到让你这么痛苦这么伤心，你一定要幸福，否则爸爸活着还有什么意思。西西的头很痛，她不能再细想下去，她想把爸爸的事忘掉，她想为爸爸辩解。她想爸爸一定是有很多苦衷，也许受到了威胁，爸爸一定是被迫的，爸爸已经太可怜了，只要爸爸不再这样做，自己不能不原谅爸爸。可想到那些无价的永远不再的历史遗存，想到爸爸成了千古罪人，西西还是一阵心痛。

这样一个以西西、西西妈妈为生命支柱的男人，在这个男女分离的巨大潮流中还是离开了她们。是顿悟般地还是不得不……都不重要了，一切只能如此，没人能改变。

西西现在可以理解那个家门口"列呢"酒吧的服务生了：连自己的性别都不能坦然承认，见风使舵，为生存而自保。

西西还想起曾经见到某熟人的一幕：

事先没有任何征兆，见到他时，她像从前一样打招呼，他却冷冷看了西西一眼，迟疑着。后来才知，他那瞬间的犹豫使西西侥幸捡了一条命。他当时已杀红了眼，杀了许多女人，他已不是从前的他了。西西一无所知，她曾幸运地躲过了那一劫。

西西想到此前一次次对传销、气功之路的感受，发现这种社会时代移动的相似性，如同宗教等方式一样，是一种精神状态的训练。封闭训练强行灌输，本来厌恶的东西也就有了感情，变得正确起来，使你失去自我（空腹、洗脑、仪式、语言的重复、对身心的换洗……）。

如一颗偶然的石子踢开那曾经的世界。"忽如一夜风吹来，千人万人同性爱。"任何东西都不是永恒的，什么都是可以改变的，血缘、孩子、亲情、爱情并没有人们想象中那么坚固。

医院中西西明白了向东。因为在社会大潮之内，她也生发了这样的信念：为了理想，同男人斗争到底。仔细思考起来，男女两性是差异很大的类别，女人的许多心理疾病都是在与男人相处中引发的。如洁癖，如心理失衡等。女人一直是在男人催眠般的笼罩之下，谎言重复一千遍就成了真理。男女两性之间实际上是为繁衍后代被迫发生关系，是被生育所挟持的不自然的危险关系。除去造物主为掩盖本质的痛苦而发明的令人一时昏乱的性快感外，男女之间有很多因差异所产生的本质上的难以沟通。这是传统社会永远不能解决的难题。

在西西住院期间，全社会的男女分区已基本形成。男人以东部为主，女人以西部为主。妇产医院属西部边界地带，十字等医院都被男人占据了，这些医院的女人都退至妇产医院。所以妇产医院已不是传统意义上的专科医院了，变成为收治女人的综合性全科医院、落脚点。

为方便革命，社会就以生理器官为依据，一刀切下，容不得你的思想与性器官不一致,你的解剖器官决定你的立场。

后来男人逐渐由东向西扩张,占领西部一些女人的房产。一些原本缺房少钱的男人借此机会疯狂敛财,引发好多社会矛盾。刚开始法院还管管这事,之后就不了了之了,或者即便管也偏向男人一方,受害者还是女人。

随着西西伤势的好转,西西发现因受伤被送到妇产医院的女性越来越多,伤情愈加严重,惨不忍睹,医疗资源越来越紧张。西西把自己的床位让了出来,并决定在这里做个志愿者,尽己所能地帮帮忙。晚上,再回到大学城的母亲家休养。

现在街道上的人越来越少,尤其是女人。在这个让人没有安全感的时代,人们怕一出家门就会碰上飞来横祸。常有游行的队伍来去,有群殴与骚乱……一些男人也怕出门,因为不少男人暗中受到女人的袭击与报复,女人比他们想象的聪明强大,在他们看来,凶狠的女人确实比毒蛇还要可怖。尽管在肉搏上女人比不上男人,但女人可以用计用枪等其他方式。有些女人化装成男人,打了个男人措手不及。当然也有男人化装成女人打得女人晕头转向的。这段时间一些老男人焕发出异常神采,他们对女人的迫害最为严重,尤其对年轻女孩(这些平时与他们距离较远的人群)。同时女人焕发出的智慧也无法小觑,老男人也是最先被女人杀死较多的群体,这当然是报复。

所以这年头很乱,有时街上就空无一人,那么多的人口仿佛瞬间就消失于无形。西西觉得这好像是一座空城。

没想到喧哗的都市一下子如此寂寥,一夜之间就空了。没有人下命令。人们都去了哪里，人们这么快就不见了，那么多带着各种方向和动力的人群突然间就不见了。这么容易人们就不见了。这么容易世界就不像你想象的样子了，你耗尽身心的一切执著这么容易就不重要了，世界露出了它本来光秃秃的面目。

这时候没有人了，不知什么时候人们都消失了。父亲也消失了。

人到底是共同的东西：呼啸而来，倏忽而去，复杂而脆弱，共同行动起来能量巨大，但转瞬间又能溃散无形。

母亲这段时间仍旧很忙，但显然不是进行科学研究，她已被几个男性科学家排挤了出来。西西知道妈妈现在做的事与古丽有关，而古丽是女性地下抵抗组织"粉红党"（由"粉红帮"发展而来）的领袖。妈妈做了什么西西不知道，只知道事关危重，能决定无数人的命运，无数人的生死。

事情的突然变化是在一天凌晨。当时西西正在睡梦中，妈妈匆匆从外面赶回家中，用力将西西叫醒，告诉西西一个晴天霹雳：男人现在正开始对女人进行挨家挨户的大屠杀，据内部消息，男人已正式做出灭绝女人的决定，"口罩党"女成员一部分被做了炮灰，一部分被秘密处死，还有部分人主动自杀了。男人在很多地方建立了隔离区、集中营，大批被赶到集中营的女人，不久前全部被杀死，无一幸存。现在女人的抵抗力量在节节败退，女人必须赶紧逃生以保存力量。

关于灭绝女人的做法，一些男人是持不同意见的，他们认为奴役女性比灭绝女性更好，但最终以压倒性多数占了上风的男人认为，目前正因为女人的发展威胁到男人生存，占有了本应属于男人的资源。还有一种说法：灭绝女性是为防女性掌权，把男人从委靡状态中拯救出来。至于最后男人如何达成一致的，已不得而知。总之，他们最终通过了灭绝女性这一方案。

西西和妈妈从家里出来时，发现街上到处是逃跑的神情恐惧的女人，她们都向离男人较远的灵山跑去。

到处是手持大棒向女人追杀而来的亢奋的男人，西西从没见过男人这样变了人形的表情。好像世界末日到来了，打砸抢一派疯狂景象。西西有时觉得这一定是假的，是个梦，要么就是在拍电影。但当一块石头真的飞到她身边，周围的女人在成批倒下死去，她明白，死亡真的在向女人这个种群逼近了。

男人采取了烧光、杀光、抢光"三光"政策。女人有的为逃生换上了男装，有的为掩饰自己杀死了别的女人来换取生存，这一切你可以想象，一切的可能，可能的一切都在这里发生和上演。□□□□□（此处略去947个字）。

黑场。

人类一切残酷丑陋的场景都在这里发生了，黑暗、野蛮、恐怖。这是以革命的名义，以实现理想的名义进行的行动。曾经很难想象男人集体发疯的情景，但事情就这样发生了。

　　相亲相爱的人如何分开？分开也容易，有时仅如一层膜，一被捅破，真实就涌现出来。男人要痛恨女人、迫害女人其实是件很容易的事情，只要潮流需要。有时改变历史似乎很难，也有时仅仅一个小借口就可以。

　　有人说，一定有什么最根本的事情发生了，否则不会把妻子与丈夫、母亲与儿子、父亲与女儿分开。但其实不是这样，人类的根本也是蛮脆弱的。一次惊天动地的改变并没有想象中那么困难。一切不过是习惯罢了。

　　大屠杀足以打破人类所有的幻觉。比如，你现在走在日落大街上，一切都美好、宁静、富有，然而只不过一夜间，这一切都消失了。

　　这次逃亡是悲惨和血腥的，尽你的想象去还原这一切吧。人类有史以来最残酷、最违背人性、最扭曲人格、最卑贱、最酷烈的一切都在这次劫难中发生了。求生，女人们只有一个念头：求生、偷生……让自己的生命持续下去。那画面如同蚁群在奔跑，被截断，活动的成为死寂，挣扎的成为死寂，成片的活物成为死寂。血流成河呀。

　　人轻易就可以被撕坏，被撕毁，人比想象的更脆弱和不堪一击，越来越不清楚事情的真正含义了。这是一种全面的溃败、彻底的沦落。

有时她试图静听它的声音，它的节奏和格律，它是否间歇，它从何处而来，为何停留。它无法积聚吗？它不动？它渐次生长吗？它切割吗？……她不留意时它就行动，她留意时……

西西想这些男人一定也曾是爱母亲的儿子、爱妻子的丈夫、爱女儿的父亲吧，他们不是无端生事的无业流氓，他们是要灭绝屠杀女人的一种人类，他们是干部、学者、军人、工人、农民、商人、艺术家，他们是涵盖整个世界的男性公民，他们认为自己在执行神圣的使命，在清除宇宙的垃圾，他们大义灭亲，慄然杀掉曾与自己相亲相爱的异性亲人。他们中是否有人犹豫过、反对过？曾经那么深厚的亲情，这么快就可以崩溃得如此彻底吗？

事实证明没有什么是不能改变的，任何事情都没有想象中那般坚固，人类也是可以消失的。当革命以压倒一切的力量成为主流，那么信从者众，逆之者亡，反抗者、质疑者也就微不足道了。

可是野生动物还要受到保护呢，难道女人就应被灭绝吗？男人的理论云：这是顺应自然，适者生存，女人这类属已不适合在地球上与男人竞争资源。

是什么使人们如此仇恨，是"口罩党"所说的理想，他们要通过暴力革命清理地球，去除女人这种污浊之物。但似乎一切不应如此简单如此迅速如此决绝，男女之间千百年来那么多错综复杂的纠缠，那么多年的家庭形态，那么多的情感与责任呢？那么多复杂的步调不一致的形形色色的人呢？怎么可能如此整齐划一？

然而事情就是这么发生了。

有没有持不同政见者？不能说一定没有。但在这场风卷残云的斗争中，即便有，这些人也不会有生存的余地。他们舍得抛妻弃女吗？她们舍得抛夫弃子吗？但运动来了，挡也挡不住，历史潮流能改变一切。

毕竟是短兵相接，武器到枪支为止，大炮、核武器之类在很久前就被"口罩党"（"绿党"）以环保之目的清除了。这场革命是怎样发生的，从撒哈拉、爱琴海、亚马逊到喜马拉雅，从纽约、爱丁堡、麦加、开普敦到日内瓦等等遍及整个世界，如此深刻如此久远，如此令人不可捉摸。是否因为人口已过剩，一个地球装不下这么多人了。

事情的导火线是七月五日这一历史时刻。先是香榭丽一卖水果的女子被一买水果的老头揪着头发追打，之后许多男人加入了追打女小贩的行列。此举引发在场女人的愤怒与反抗。然后是男人疯狂的杀戮，有七名女子被杀，八名女子重伤，被称为"七五血案"。由此拉开了男人屠戮女人的序幕。

女人是大片大片倒在血泊之中的，不出几日，这个世界被女人的血浸泡了。

发了疯地跑，天终于黑了下来，逃跑的女人得到一丝喘息。

西西对妈妈说她知道灵山有一个藏身之处，没有人能找到。

西西与女人们连夜逃到灵山。

　　这处山洞巧夺天工,果真极端隐蔽,很难被人发现,大家放下心不少。这是西西与向东恋爱约会时发现的秘密之所。

　　男人的追杀声越来越近了,西西和妈妈及一大群逃命的女人都躲在了这个洞里,她们恐惧地屏住了呼吸。

　　清晨当光线穿过来,男人们竟然发现了这个洞,他们搜查了整个洞穴,将里面的女人一个不剩地赶了出来。

　　西西与妈妈走出山洞的时候,她惊呆了。因为她看见男人中为首的那个人,是向东,是她曾日思夜想如生命一样爱着的向东。这么久之后她第一次见到他,尽管在思想上她尽力补了八个月的缺失,但感情上还无法完全转过弯来。向东也看见了她。向东的样子确实变了,他剃了光头,目光熟悉而又陌生。他目光的这种波段是西西没有见过的,以前偶尔到过这个波段的附近,但没过临界点。有时他似乎有过与现在一样的目光,但仔细推敲起来就知道有本质的不同。西西想,看在我们曾经生死相恋的份儿上,他可不可能放过我和妈妈及这群女人呢?没等西西弄清楚,向东开口了,对他旁边的人说:"我就知道这个洞里会藏着女人,果真没错。"西西一听,原来是向东领的路,顿时感觉浑身冰冷,冷得发抖。没想到,紧接着向东对她说话了:"西西,今天就是你离开这个世界的日子。'棉纱'教导我们说:历史潮流是无法阻挡的,女人不该存在于这个世界。想起以前与你的一切,我觉得非常错误,完全是一场历史的误会。西西,也许投胎女人是你此生最大的错,但愿下辈子你能成为一个男人。女人是不能被饶恕的,你也不能。我以革命的名义——"话音刚落，向东举起一把手枪对准西西，没等西西反应过来就开了枪。那一瞬间西西听见万枪齐发，她知道她们这群女人正在被集体屠杀，然后就什么都不知道了。

生育不再需要女人，男人们同性相爱，女人愈加多余，男人对女人种群大灭绝。这种从热恋到最终灭亡对方短得好像仅仅是一夜之间的事。西西与向东的恋情没能经得住这些。想当初他为西西不惜自杀，今天却站到屠灭女人的队伍之列，男人的脸真是六月的天说变就变。西西此生最不能忘记他那"开悟"般的神情，他举枪对她射击的姿势。西西知道她与向东此生的关系彻底走到尽头，她与他不仅变成了陌生人，更是仇人。

有时好像很难解释这个社会是如何一夜间崩溃的。

难道真的没有一双男女双双自杀殉了自己的爱情？真的没有一对夫妇为自己的孩子走上第三条反抗的道路？按正常规律来说应该有的，但也许是"口罩党"的思想说服教育工作做得太好了，政治手腕太高了。经调查发现：没有，一个都没有，真的没有。也许事实上人的翻脸变脸其实并不需要多长时间，社会的变脸也是如此。

这个夜晚很恐怖，有奇怪的鸟在飞。

西西并没有死，而且几乎没受什么伤，因为在枪响的瞬间，妈妈扑到了她身上，西西是被吓晕了过去。西西醒来发现满身的鲜血并不是自己的，是妈妈的，妈妈已经死了，为保护她的女儿而死,为女儿挡住了向东的子弹。周围,女人尸横遍野,男人们已不知去向。西西抱着母亲痛哭起来,哭了很久,哭得什么都不知道了。

朦胧中,西西觉得妈妈在旁边注视着她。凝神一看,竟是个狮子一样的动物站在她身边。是一只松狮犬,这是她见过的最大的松狮犬,真像一头狮子。如果是今天之前,她都会惊慌,因为她一直怕狗,无论多么温柔可爱的小狗都令她害怕。但此刻不同,经历了生死,经历了情感的强烈震荡与裂变……现在这只大犬让她觉得亲近,直抵她内心的柔软。西西坐起来,试着用手抚摸它,它依恋地靠了过来,是的,它像自己一样孤单。西西抱住大犬,将头依偎着它,很温暖,它的身上还沾着血迹与渣土。西西轻轻地哭了。

之前西西虽然怕狗,却远远地对狗有些好感,因为她遇过一条令她难忘的大狗。当时她正要从某楼前通过,不巧那里站着条黑色的大狗,皮毛沾尘杂乱,像无主之犬。大狗向她这里看过来,正与她的目光对视。大黑狗看了西西一段时间,它在判断西西的意图。西西不敢走过去,又没有别的路可走,不知该怎么办。稍后,大黑狗看出了她的恐惧,明白了她的心思,于是它不再看西西,而是卧了下来,表示我是很乖很友善的狗,你放心走吧,不用怕我。当西西终于从它身边顺利通过后,大黑狗马上从原地悠然地站了起来,神态轻松自如,好像刚刚完成了一件事情。西西感激地看着大黑狗,它虽看起来普通,但真的是一条高贵的具有绅士风度的狗,怪不得那么多人养狗爱狗。是谁说的"狗眼看人低"呢？这根本不是骂人，纯粹是骂狗。狗不是比人良善吗？

她觉得它长得像一头狮子，就叫它"狮王"。西西觉得狮王是妈妈派来安慰她的，妈妈要她努力活下去。西西鼓起精神，在不远处选了个适合的位置，将妈妈安葬。

灵山是一巨大的山脉，森林茂密，河流宽阔，地形陡峭复杂，沟壑纵横，易守难攻，是个隐蔽的好地方。如果不是向东出卖，西西、妈妈等女人们不会被轻易找到。看向东所为，西西明白自己与这个时代的差距在哪里了，向东给她上了重要的一课：男女之间已变得你死我活，这是一个如果不杀掉男人，女人就要被灭绝的时代，这就是被男人追杀得节节败退的女人所面临的触目惊心的现实。女人有反击，有抵抗组织运动，也杀死了不少男人。但在总体上，女人处于绝对的逃亡状态，灵山成了她们最后的避难所。

西西与狮王在灵山一边注意躲避危险一边寻找女人队伍，但灵山的很多时间是寂静的、悄无声息的，见不到一个人，就好像屠杀并没有发生；只是偶尔出现的成片尸体及远处传来的零星枪弹之声提示着西西发生的一切。西西知道城中现在早已成了人间地狱，那里集中着男人的主要力量。灵山是男人最薄弱的环节，灵山实在是太大了，即便男人倾其全力集聚这里也无法使灵山热闹起来。灵山像一巨大无边的容器，任何事物放到里面都显得渺小不足道，而如果男人倾城而出，城市也许会反被女人占领。

灵山的植物资源很丰富。在没找到同伴之前,西西用野果野菜充饥,狮王也能找到它自己需要的食物。没想到,这样的方式倒让西西感到神清气爽,她常常坐在树下沉思,几天时间恍然大悟了很多。

西西与狮王时常在傍晚的河边停留,狮王抖动夕照下金光闪闪的毛发,在西西的身边熠熠生辉,完全是一幅童话般景象。

找到女人部队的时候,西西见到了女人领袖古丽。得知西西母亲遇难,古丽非常痛心。她告诉西西,西西的母亲为女人的生存做出了巨大贡献,这种贡献在未来将愈加显现出其深远的意义。

西西母亲及众多女人殉难处,被起名"避难岩"。站在避难岩上每一角度看到的风景都美极了,但这里却发生过最血腥残酷的灭绝性的屠杀。

西西见到了玻璃美人。此时的玻璃美人骑着高马,手执双枪,身上宽大的战袍,随风飘荡蓬蓬作响;美丽的眼睛寒光四射,散发着一种不容置疑的力量。她身边聚者甚众,已是一位伟大的将军。玻璃美人策马扬鞭,急驰而过,旗飘、袍闪……一代英杰跃然凸现。

西西见到了小萍,小萍正在玻璃美人手下工作,她仍是质朴踏实的模样,为人更显勤快而谦逊。

女人们武装起来要为自己争得一席生存之地。歌曰:"远远的风中传来女性的呐喊,那是娇柔的你选择了勇敢。"

在这场运动中,很多女性爆发精神疾病,当然也有很多精神病患者因此痊愈。最有名的是一叫"非非"的女子,不仅一夜之间恢复了理智,而且在战斗中越战越勇,杀男无数,成为一个小头领。还有个孕妇很神奇,男人看见她,觉得好对付,便向孕妇袭来,没想到孕妇身手灵巧,将其一击致命,令人觉得孕妇之胎儿似乎反而助了她一臂之力。

男人们也很乐于杀死婴儿,当然他们的目标是女婴,误伤了男婴时他们会发一会呆。

这种对决,是男与女的对决。

第七章
Chapter 7

木马计与游击战

木马计与游击战

在男人与女人你死我活的斗争中，女人有些被动，因为女人没想到男人真的会下了灭绝女人的决心，尽管之前男人的意图已有所显露：男女分区、种群隔离等。

这场大屠杀是人类历史上绝对空前的，是为灭绝一种种群而进行。一切人所能想到或想不到的惨烈、黑暗都在其中了。男人对女人的目标是灭绝。他们差一点儿就实现了，但毕竟差了一点儿。

男人因传统优势及出人预料地做出灭绝女人的决定而占尽先机，大量的女性人口被消灭，女人这一种群已到了灭亡的边缘。但在这过程中，作为女性领袖的古丽在采纳了西西的母亲等科学家建议后，做出了决定女性命运的重要一步：对有关克隆人的一切，从基础到高级从人员到资料设备等，进行了彻底的破坏和铲除。该暗杀的进行了暗杀，需盗毁的已经盗毁。也许这一行动最终使男人在灭绝女人的愿望里无意识中有了一丝迟疑。这一丝男人自己都没意识到的迟疑，无形中留下了女人的生存空间。女人在这狭小恐怖贫瘠的缝隙像野草一样顽强疯狂地生长。

古丽认为女人要想在这场战争中生存下来，必须变被动为主动，不能放弃城市，更不能完全退至灵山。她认为应该借鉴古代的木马计，让一部分善战女子在城中以各种方式潜伏下来，待夜间男人松懈之时，将男人一举消灭。这一观点遭到玻璃美人的质疑。玻璃美人反对古丽潜入城中的行动，但受到古丽批评。

古丽命令玻璃美人带领部分女人驻守灵山，消灭进山的男人。当时进山搜捕女人的男人还不多，且常常进山不久就会返回城中，男人还没能空出手来全面进攻灵山。

古丽自己带领精兵，以化装成男人、躲藏在各种机关中等方式潜入城市，她们在不得已时还使用了残酷的苦肉计，她们的痛苦只有在成功地暗杀掉更多的男人时才能得到缓解。男人们莫名其妙的大面积死亡使古丽们的行动最终暴露。随着夏日的来临，男人采取的对策是，所有人必须裸露自己的下体，凡无男性生殖器者或不裸露者一律杀掉。古丽们被全部找了出来，古丽们被全部杀害，尽管男人也有死伤，但结果没有改变。

在对城中女人清算之后，男人开始进行大规模扫荡、围剿。女人处于被灭绝的边缘。

玻璃美人提出打"持久战"的思想，在灵山建立根据地。灵山地势险要，山高林密，易守难攻，一女当关，万夫莫开；地形复杂，山势神秘险绝，一座连着一座，严峻的岩壁忽然而止。坑坑洼洼的陡峭山坡，孤独而多彩的岩石屏障，一直保持着几千年来的外表。靠山近水，有利生活生产。这里男人统治力量薄弱，地域辽阔有利游击战争，战略地位重要。

在男人的"杀光、烧光、抢光"的"三光"政策下，玻璃美人带领女人们进行了艰苦卓绝的斗争，她们进行了数万里长征，迂回穿插，四渡灵水，抢渡灵江，强渡大灵河，飞夺灵山桥，翻越灵山重重天险，穿过大草地无人区……女人为反"扫荡"、反"蚕食"、反"清乡"，运用了地道战、地雷战、麻雀战等，还进行了大生产等自救运动，自己动手，丰衣足食，开荒种粮，耕战结合，平时种地，战时打仗。

女人对男人实行"蘑菇战术"，即同男人周旋一个时期，目的使男人达到十分疲劳和十分缺粮之程度，在之彻底疲劳、彻底饥饿之时寻机歼击之。男人往往被"蘑菇战术"磨得精疲力竭，他们的重点进攻遭受沉重打击。

女人建立了武装割据，根据地不断发展壮大。在斗争实践过程中，玻璃美人创立了以弱胜强的游击战军事方针。经过几次大规模反"围剿"，队伍取得了丰富的作战经验，开始由游击战向运动战转变，并逐步形成一套女人作战原则：在男人"围剿"之前，积极做好反"围剿"的准备；在男人"围剿"开始后，诱敌深入，先创造反攻条件，然后进行反攻，打破"围剿"；在战略反攻时，慎重出战，实行歼灭战的指导方针，以运动战为主，与游击战相结合，速战速决，避强击弱，集中优势兵力，各个歼灭男人；当打破"围剿"，男人转入守势后，女人则转入进攻，采取包围迂回、穿插分割的战术，制造并抓住男人在运动中暴露出来的弱点，攻其不备，实行战斗中的速决战。在速决战中，女人运用心理战术，强调"气势"和"神速"，以压倒男人的气势，震慑扰乱其心智，然后迅猛出击取得胜利。正如兵法所说：用兵之道，攻心为上，攻城为下，心战为上，兵战为下。知己知彼，掌握战争的主动权。

如果说在这个战争初期，男人掌握了主动，那么从女人觉醒的刹那起，她们就决心再不给男人一丝可乘之机。她们将多年对男人的了解熔为一炉，制作出层出不穷针对男人的妙招。在破除对男人的情感迷雾和幻想之后，她们发现自己对男人作战的灵感纷呈，心中的力量愈加强大，越战越勇。她们欲擒故纵：故意放男人逃走，瓦解其斗志，然后在途中突袭男人。她们金蝉脱壳：被男人包围时，用计逃出男人包围不被其发觉，然后对男人进行反击。她们用反间计，使男人互相猜疑。她们伏击、合围、迂回攻击，使用侧击战术。她们分而治之，各个击破：针对男人兵力强大情况，以少量兵力牵制男人军队的一部，以主力攻男人另一部，逐一消灭男人有生力量。

在这个冷热兵器并存的年代，玻璃美人还在局部借鉴了古代的《握奇经》，进行天、地、风、云、龙、虎、鸟、蛇八阵布列。其中天、地、风、云为正阵，龙、虎、鸟、蛇为奇阵。玻璃美人因时因地因敌灵活运用兵法中的奇正理论，以正兵诱敌，出奇兵制胜，屡建奇功。玻璃美人还自创阵形：方阵、圆阵、曲阵、直阵、锐阵等N种。N种阵行又有M种变化，指挥者根据不同的敌情、地形、攻防等进行不同的布列。不同兵种之间相互配合，使之具有集中、机动、协调等特点。

男女作战双方还进行着侦察与反侦察、干扰与反干扰、包围与反包围、欺骗与反欺骗战术。

女人用以传递军情的方式，因为目的的不同而不同。有时，一根头发，一件衣服，一片草叶，或一个口形，一个眼神，一句暗语等，都能传达出需要的军事信息。

男人组成特种部队，领头的号称"猪股小队长"。他们扮成女人偷地雷，扮成动物（如山羊）向女人的阵地靠近，后被女人识破歼灭。过后，有女人调侃道：男人，一个充满原始痕迹、兽性天真的可笑种群呀，动物改不了当动物哇。

灵山是一废弃的古军事基地，军事堡垒、碉楼、团城、演武厅、楼垛、城墙等被女人加以改进扩大修缮，重新使用起来依然得心应手、锐不可当。

女人诱男深入，占据有利地形，采取声东击西、大兵团伏击和集中优势兵力围歼男人的战术。

袭击周遭空气的多个方向。啪！卟！噼！质地，力量，密度，冲击波……

也许因为灵山险要易守难攻的地势，复杂广大难以清剿的地形；也许因为古丽、西西母亲等先驱的果断行为——对克隆及相关技术的彻底毁灭性清除；也许因为男人的某种漏洞；也许因为玻璃美人领导的女人队伍的正确行动；也许因为是上天的保佑；也许因为男人的倦怠……总之，女人活了下来。女人在灵山一带游击、隐存。

男人关上他们的城门,男人们开始狂欢。

尽管没有实现彻底灭绝女人这个目标,但男人毕竟取得了巨大的胜利,只能蜷缩灵山一隅的"女匪"又能掀起多大风浪,消灭她们只是迟早的事。

男人们觉得现在应该享受一下战果。他们最感快乐的事情有两件:首先,清除、赶走了占有世界一半资源的女人,男人空间得到充分伸展、财富获得巨大增长;其次,很多男人想要做女人的天性得到释放,他们纷纷拾起从小被压抑多年的渴望,在头上扎上漂亮的蝴蝶结。男人国规定,人们有自由选择自己性角色的权利,人们有按自己的意愿自由打扮自己的权利。结果没有想到,愿意把自己打扮成女人模样的男人如此之多,愿意在自己头上扎蝴蝶结的男人如此之多。很多男人还愿意扮成儿童模样,尤其喜欢抱着婴儿奶瓶喝水。一时间,尿布装分外流行,男人们身裹尿布、嘴衔奶嘴儿的形象成为时尚。如果说,从前男人拼命工作是为了养家,那目前这个前提已不存在;如果说从前拼命努力是为实现自身的价值,那么现在此价值已不再是彼价值。社会资源的极大丰富和环境的宽松,使很多男人的生活重心发生转变,狂欢才是他们目前最大的愿望。男人们想,从前我们为什么要与女人这种差异巨大的生物在一起痛苦地活着,没有她们我们的生命才能得到真正的张扬与解放。她们不仅是完全多余的种群,而且给我们的身心造成了太大的伤害,十恶不赦。

女人多么邪恶无聊，多么无用、愚蠢，根本就是一种不该存在的劣等生命。

男人们狂欢又狂欢，通宵达旦。

富裕的男人国耽于奢华。他们用麝香混入泥浆修建建筑物，使宫殿散发出浓烈而持久的香味。他们的地板都用香料涂饰，军旗上浸染香水，到处撒满了玫瑰花瓣，宠物马和宠物狗也被搽得香喷喷的。至今记得男人们关上城门欢呼的情景。他们迫不及待穿上女人的衣服，娇声娇气。看来他们真的是不需要女人，那么多男人都能够而且渴望做女人。这仿佛是男人驱逐和杀戮女人的巨大动力了。他们确实不需要女人，因为他们中的很多人很早就想做女人了。

女人们得到喘息，像野草般疯长。

女人们不断调整军队组成方式、策略、信仰、目标，坚信"女人主义"一定会实现，一定建立女人国，夺回被抢占的领土。

偷袭、夺取……女人的力量一天天壮大。

在惜命享乐的男人与置之死地而后生的女人之间，胜负早就注定了。

这一天的到来不可避免，在一系列的较量之后，男女双方签订了"停火协议"，内容是平分天下，不打仗，不往来，互不侵犯。

女人在灵山建国。

这是一个横平竖直的世界，男女两国以格林威治山中轴线为界，分毫不差。格林威治山以东为男人国，格林威治山以西为女人国。

在中轴线，两国建起高大的隔离墙。

男女两国形成对峙之势。

第八章
Chapter 8

国　家

国　家

迁徙，女人的迁徙。

力量是人类可贵的东西，尤其对女性而言。

在玻璃美人的领导下，女人们建立了自己的国家——女人国。领土是自格林威治山以西包括灵山在内的广大地区。与男人国平原构成的国土不同，女人国以山地为主，少量平原为辅。生活条件比男人艰苦很多，打起仗来倒占有更多的环境优势。灵山复杂险峻的地形，广大的面积，一直是女人这个种群幸存于世的重要原因。

灵山，这带着香味的山岭，这女人的栖息地。

女人的一切都要从头开始，因为战争，因为男人几乎夺走了她们曾经创造的全部。

天地玄黄，宇宙洪荒，日月盈仄，辰宿列张。

世界在女人的手中辗转生长，塑造各种形状。

女人们在宇宙中重新寻找、思考自己。

女人要按自己的节奏生活。在曾经的男人社会中，女人的情绪节奏一直受到虐待。

关于女人的能量走向。

女人将引导世界前行。未来的世界是女人的，女人是更符合世界发展规律的类属。

从最原始的耕种、纺织、制陶、畜牧、养殖开始，到军事、宗教、文化等各个方面，女人一点点全面展开与拓进着。

灵山地区很久以前就有古人类居住。随着考古发现，陶罐碎片、青铜器皿、城垣遗址、女娲神像等相继出土，远古人的活动痕迹一点点呈现出来，一花、一草、一树、一木、一石都蕴含着悠远的信息和密码。

每每有一个时期文物出土，对女人国生活无形中都有潜移默化的影响。女人们也穿树叶样的衣服，像祖先一样采摘野果、下河洗澡；敲击编钟，使用鼎仪……女人们的生活一度与此映衬重叠。

西西也开始了解种子，了解植物，了解《本草纲目》……她从内心深处觉得快乐、幸福。

这段时间，女人国用各种药用物命名世界，命名地理实物、左右前后。这些散发着药草味道的名字将世界连成纵横交错的网络。如当归街、地黄巷、白芷路等。

西西时常坐在树下冥想，在新鲜清草的气味中发呆，觉得自己的灵魂从未像现在这样透彻、丰盈而自由。她现在有自己的职业：宗教法师。

西西做了很多事情，她带领女人们举行各种宗教仪式。西西的咏叹调在这时派上了用场。她对各式宗教细节进行修订、完善、重组，还在不同阶段创立宗教的不同方式、特色。西西知道，女人国走的是前人没走过的路，一切没有定规，很多都是空白，是凭空，是摸着石头过河。

　　好多时候她起到的是心理治疗师的作用，治疗自己治疗他人也治疗国家。她的宗教仪式语言中有着催眠般动人的力量。西西的寺院收养了许多流浪小动物，其中一只小狮子在西西的狮王过世后成了她的跟班。

　　女人国的宗教以月亮崇拜为底色，围绕着月经周期来进行，主要形式是祈祷。她们面向月亮，在月经来临前进行祈祷、幻想、倾诉、静思，倾听来自身体的声音。但女人也崇拜星星，因为星星是女性生殖器的象征，星星也是女人的图腾。

　　月亮圆的那一天全国出动，是大家祈祷、不食及歌吟的一天。月亮盈亏影响着女人的激素水平。国内节日大多关于月亮。月亮是女人国的国旗与吉祥物。

　　法律规定：月经期的女人可放假一周休养身体，享有月经期福利。

　　女人与男人当然不同。女人身上有一道伤口，每月流一次血。这个时候，世界红红的有些古怪。女人对世界的感受当然与男人不同，女人每月身体都进行一次换洗代谢，这是与物质世界的切实交流。女人的身体不断运动，向世界敞开，每个月都不相同。每月一次的交谈，每月一次对身体的拉展，对心灵的拉展过程，每月一次的运动和变化，每月一次的渐进渐弱，每月一次对生命的倾听，每月一次生命节奏的突显。

　　人们排泄的皮屑、嚼动的牙齿、生物的气息、惊恐的神情都无法改变那不动的部分，那神秘的核心。

每个月都深深地印证一次，作为女人与这个世界的交流。这生命深处的血迹，细胞脱落之痕迹，呼吸和韵律，它又一次印证了生命和世界的关系，印证成长和流逝。每次它都试图让我们去读懂它的含义，它的眼神它背后的真谛。它观望、注视、驻足。在这瞬间它肯定人们的存在，世界的存在。它停了下来，它把虚空填满。空气中因之变得温暖。它让世界停了下来，把人们从悬浮中拉回，从混沌拉至清醒，还带着诗的润泽。它每个月历炼一次。它回答所有的疑问，但它永远是个谜语。它就这样出现、流动，准时的步骤。有时会不准，但那是一个提醒，一个原因，是一个科学的命题。它从神那里来，带着翅膀，蹑手蹑脚。它突然出现，又悄无声息。人们看着它不明所以。它是神的使者，带来神启。

　　她知道她挣扎来着／拼命地／无济于事／只能顺其根茎／循其天然／守之条则／舞之灵想／每个月的浣洗／每个月的新生／每个月那来自深处的上帝之音……

　　她说，这几天她在和月亮做斗争，特殊生理期即临使她感觉空虚、恐慌、心烦意乱。

　　月经期的世界有点儿膨胀有点儿变形。月经期是女人倾听神语的良机。女人们小心翼翼地准备、冥想，等待悉察那些隐蔽。

　　我们有月经期哲学、月经期政治，也有月经期天问，"为什么？怎样？如果……天、地、人……"等等。

　　女人们的经期常常相互影响，时间相近的女人可以有集体的仪式，类似祭拜和祷告。

女人国的生活以月经为周期。

多数人的月经期逐渐与领导者日趋一致，领导因之辐射面广大，感染力强，人们不知不觉中就跟上了领导者月经的脚步。所以，领导者的月经期往往是举国进行祈祷的时候，也是女人国相对薄弱之时。有一次，男人趁此偷袭女人国，给女人造成无法释怀的伤痛。虽然女人国事后对男人进行了铁血反击和致命报复，让他们付出了惨重代价，但女人国领导的月经期一直是男人国千方百计要获得的战略情报，是他们一直想探知的秘密。他们还在为进攻寻找破绽、突破口和时机，他们还在蠢蠢欲动。

针对此种状况，女人国逆势而上，逐步发展出一整套"月经攻略"。她们利用月经期的敏感洞察敌情，利用月经前的愤怒袭击男人国，利用月经期智慧整治敌人，各种稀奇古怪的邪招怪招被层出不穷地发明出来。女人国利用月经周期将之打造成一锋利无比的武器。这之后，男人打探女人月经期不是想进攻了而是为防守、自卫。女人月经期一近他们就提心吊胆，因为不知会受到怎样出其不意花样迭出的袭击。男人国被整治得疲于招架、应付不暇，老实了很长时间不敢轻举妄动。

在女人国，女人推崇女娲神，认定女娲事实上不仅补了天造了人，她还是创造世界的唯一的神。后来由"拜月教"向"女娲教"过渡受到玻璃美人的支持，她认为这有助于建立女人国坚定的信仰和凝聚力。

西西在女人国创立了哭宗、笑宗、喊宗、食宗、舞宗、拥抱宗、快慢行走宗、水宗、鲜花宗、震颤宗等多种宗教方式。使用的器物中有琮。琮，如同咒语；琮上的小孔体现我们通过小孔与天地沟通的愿望。有的女教徒的标志是随身携带一把扫帚；有的习惯在桥上祈祷；有的在道路的十字路口祈祷，认为十字路口对人是一种暴力。

哭宗与哭墙有关。哭墙就是在男女分界线上建的隔离墙，因为经常有月经期的女人在此哭泣而得名。祈祷词可以写在纸条上，留在墙缝里。（后来得知隔离墙的另一侧也经常有男人在那里哭。离开女人后，男人发现原来自己也是有生理周期的，每到一定时候也很想哭泣，对着月亮哭泣。男人也到格林威治山朝拜月亮，男女一度为争夺格林威治山这个圣地进行又一轮的战争。后来以一国一半之协定结束交战。）

西西据此设立哭宗，经过一些仪式和程序以利大家尽情哭泣。

当一种液体从眼睛中流出来，这是神奇和充满隐喻的行为。春天来了，她终于哭出声来。在这个春天，她站在马路中央领着世界一同哭泣。哭泣，一种多么高级的进化。那一次人们哭塌了，哭得身体翻滚抽搐，如同全身上下透彻地经过了一次濯洗，之后她们就不同了，强大得令人不敢相信。她们的长发看起来仍是那般柔软本质上却变成了丝丝利刃，自投罗网者如飞蛾扑火，非死即伤。

有时人们也发自内心地哈哈大笑，叽叽喳喳说个不停。

喊宗、拥抱宗都与此相类似。喊宗又叫呼喊教，地点大都设在室外的山间河边，女人们换上宽大的袍子，有时在狂风大作时呼喊，有时在静谧的空间嘶吼。人们没有想到自己能发出如此巨大、如此多种陌生而古怪的声音。

个别时间女人的造型是这样的：长发如水般披蔽裸身，手执火炬。

拥抱宗是女人们在一起以各种方式和程式的拥抱。如仪式之一种：与陌生人拥抱十分钟。水宗是因为女人国的宗教多与水相关，对着水祈祷，以水沐浴，在各仪式中用水进行，把水盛好，端起放下，放下又端起，以至N多。食宗略有不同，食宗其实就是不食，空腹净身，根据个人身体和修行方向的需要，饮用不同的植物汁液（这些植物部分来自宗教屋附近的园地，来自西西与女人们共同的种植）：针对寒热温凉的药性，酸苦辛甘咸淡的味道，轻清重浊阴阳升降的道理；根据日月运行季节，人体十二经络；调以矿物等成分。

我们也念各种咒语，如咳嗽咒，就是念咒以使咳嗽飞掉等。我们把"吽"——咒语的发声词，作为世界之起源。

震颤宗教徒在祈祷时进行礼仪性的颤抖。

西西的祈祷课里有赏花、听泉、品香，她钻研如何用嗅觉改善人的精神，创造宗教之氛围。她还是芳香宗教教宗，仪式由花瓣贯穿始末。

如果天塌下来怎么办？如果天塌下来怎么办？

我们修金字塔，以整合精神、情绪节奏、寄托。

我们建万神殿，在顶部开口以示各神可从天上通过这个开口下来。

我们把树作为通天的象征。称那个神树作"扶桑",树上有鸟和太阳,是太阳神树。树,因它的枝杈,指向的莫测与不明,它的摇晃与静止,它的沉默,它柔软下的定力,归入泥土的自在与从容,它无语的存在、生息代谢……一时间,树受到崇拜,成为崇拜的中心。

有时我们信仰非常高的东西,我们用很多年修了座高不可及的通天塔,然后又用很多年去信仰它。其中一个教别就是爬到塔上去再下来。在塔上行走与攀爬的过程由于非常漫长,自然会发生许多事情,生老病死的事,人生的事。有的在塔中间生了孩子,有的发生了信仰的改变,有的与人打架,有的意外而亡,有的下塔后与地面社会格格不入等。据爬到顶层的人说,世界地形就是一人脸的模样。

这一教别后来有一简化之仪式:每天爬几小时楼梯,爬上去再下来,下来再上去,循环往复。

人是世界上最基本的元素。

我们进行偶然性占卜:将许多写好的字挂在一个链子上,寻找与自己、国家等有关的字;从许多字中摸出一个以求与宇宙暗和,从中感悟神的秘启。

我们还修过迷宫,在迷宫的智性修炼中达到宗教的感悟。

时间经年,我们人类什么都不知道,仅能试图以划分时间来规划、了解自身的生活。

一棵草的悲伤。

我们知道一棵草的悲伤就是我们的悲伤。它随风的韵律在格林威治山、灵山传递，我们的身心随天地而动。草哭了，月亮会哭，我们会哭。

　　灵山、格林威治山哭时动静很大，房屋、树木会被它们哭倒，山川为之变色，天地为之动容。我们知道它们的忧伤，像我们一样。它们哭得太严重时，房屋也就塌了，地也就震动了起来，大地倾斜并晃动。它们高兴得跳起舞来，房屋当然也会塌掉。

　　清晨多么神秘地闪烁与点缀，一切是那么没有道理。

　　格林威治山是女人国与男人国的界山。灵山是女人的根据地。灵山、格林威治山之凸凹塑成女人国家之形。

　　格林威治山、灵山每天的呼吸不同。有时倦怠，有时清爽；有时兴奋，有时明朗……这里的痕迹气味都是生活其中的人们熟悉、挟带的。人们依它而存，在它的浸染和气场下生长。它是这个国家的穴位。

　　有时它们的分泌物会极大影响人们的情绪。分开它们的纹理步入其中，就被具体的尘土裹携而迷了。它们的凹凸动势趋向，它的泥土，它的姿态，浴经千年的流洗，显露着大地的筋脉。

　　这几天的痛哭与情绪波动是由天气引起身体的变化造成的。先是暖和，身心有打开的感觉。减了衣物后，天气又突然变冷，机体一下子失调。于是便孕育了一场哭泣和感伤。

　　有时我们需要解决一大股情绪团，这往往是我们喜欢发动战争的季节。

女人还尝试创造自己的文字——女书。女书主要是为去除以前文化文字中的男权痕迹，建立与女性身心一致的符号。如女书中去除了"他"字，把"他"归于"它"中，等等。女书提倡大家自由创造，哪怕在文字上加些意会的图案，只要不影响交流就可以。

　　我们崇拜文字、数字。字、数，具有强大的对应感应暗示等力量，我们充分相信国家可以因为一个字而崩散，人类可因一个字而灭亡。如，谶语。"字"与巫术有关，是精神对外界、宇宙、物质的规划与确定，是神秘的能量格局，是作用与反作用，是与神的接通，是危险的双刃。

　　有些话是不能说的，一说气就没了，说出的话也变了味道，所以传统文化中说要"悟"，不宜说。

　　女人国建立了身体能量中心，人们在这里积聚能量，调气整息，倾听风音、水声，倾听子宫的声音。

　　女人认为母体是世界的本源，母体能造就所有也可吞噬一切。一个直接的佐证是，在现在的战场上，还能听到男人在恐惧中叫的是"妈呀！"尽管男人国对这一"劣根性"进行批判纠正，并规定男人们不许再喊这两个字，但还是屡禁不绝，因为那完全是一种发自深处的本能。对男人国来说，这是一个社会问题，是一学术上的难题。

　　在女人国观念中，地球能量和人体能量之间存在深刻的互动关系，而女性能量和地球的自然动力之间更是密切相关的。女性能量是"吸收性能量"、"向心力能量",体现在阴道接纳阴茎、发出化学信号帮助精子游向卵子、为孩子哺乳等。女人国力图将女性的季节性情感紊乱和经期前综合症变为女性的智慧优势,挖掘出平时没有的灵光。月经期逐渐成为女人倾听世界、与世界沟通的最佳时期,女人因行经而通神。此前,有的女人月经前会产生一种源于生命深处的深刻绝望与感伤,等月经如期而至,一切才又运行起来。对有些女人来说,月经来得越来越艰难,每次经前时刻都给人以精神崩溃或肉体濒于死亡的感觉,都需要她们彻底体验种种绝望爆发之后才能回归安详。有的女人把天都哭亮了。到了秋天,白昼变短,许多有经期前综合症的女人症状变得更显著。现在,女性的智能在季节周期和自身每月的生理周期间进行同时的编码。

人们还俯下身体倾听大地的声音。后来人们也在这里发展意念和咒语。女人们在这里静思幻想,发现自己,开发各种深层未知。女人国论条:子宫蕴藏着巨大的能量。女人要倾听来自子宫的意愿。母体是世界的本源。终极真理在母体之中,在于女性的子宫,佛(真理)寓于女性的生殖器中。相应地,女人国有宫教(即子宫教)、道教(道即是阴道,是女性生殖器)。道教文化是女性文化,显示了真正强大的久远的力量。对女人来说,腹部似乎存储着太多东西,世界的一切都涌向腹部,它是母体,是宇宙之源。女人是世界之脐,是救世之主,是通往神示之途。

女人国认为男性社会是个可笑的机械的社会,充满了依赖体制的所有偏见。女性要恢复身体与生俱来的智慧及原初的生命力量。女性社会才是伟大的合乎人性的社会。身体是女人的同盟，指引女人前行。身体告诉女人真相，向女人昭显神的秘密。

女人国关于性大致有三类看法：(一) 同性相爱天经地义，更和谐更本质。(二) 性爱对女人的意义并不像过去男人社会中传说的那么大。性其实除了生育之外是完全不必要的。性对人类来说是一种很奇怪的东西。倾听女人自身内心最深层最真实的愿望吧。女人的生理是自信自足的，并不需要男人，说男人是女人身上的一个阑尾似乎更合适。女人是孕育生命的子宫，男人只是一滴精液。女人的身体只该被仰慕。性是男人对女人的强加，没有男人，女人才会真正的快乐，才有彻底的自由与解放。性是可有可无的，人们把它夸大了。(三) 性是人生命的本质，性可以使人飞翔，超于俗世。当然，性也是人离动物最近的部分，性把人打回了动物的原型。性让人类看到自己动物的尾巴，提醒着人类自己在宇宙中作为动物的一员而存在。性矫正了人在社会中畸形的偏差，理解世界的真正含义。

身体能量中心影响着女人国的方方面面，包括对男人国的战争。由身体能量中心创造出的巨大能量是强效、深刻、颠覆性的，其威力如同核裂变。寻衅偷袭的男人一次次被女人弄得死伤惨烈、溃不成军。他们曾与女人在一个社会空间相处了几千年，现在突然意识到这个异性种群出乎意料的强大、危险、陌生，像魔鬼一样令他们感觉恐怖。就连女人也刚刚知道自己竟拥有如此强大的种类丰富的力量，如太阳一般散发出灼人的光芒，其高超的智慧、冲天的激情无可阻挡。就比如狮吼功原本属于女人一样，这是女人力量的真正显现。女人理性逻辑之缜密比男人有过之无不及，再加上长驱直入的非凡直觉的润色与完善，呈现出强大生命能量。女人是可以不按男人的道理出牌的，被男人视为的诡谲混乱正是女人令男人恐惧的最大法宝。后来在两国关系上，男人是有些弱势的。他们一度被女人出其不意之法打得极颓丧。他们甚至开始流行这样的说法：女人会用意念作战，彼此凝视便知对方内心。

男人龟缩在自己的国土内，很长时间处于自保状态，再不敢有一丝冒犯女人国的举动。他们甚至暗自惊讶与庆幸：从前他们竟曾经将女人打败、赶走，使她们几近灭绝，他们是怎么做到的，这真是不可思议的事情，这真是难以企及的辉煌。现在他们得暗自庆幸自己没被女人灭亡（如果女人愿意，这并非不可能，只是女人国好像没意识到这点）。这个阶段的男人国在外交上内心空虚故作强壮，以诈为主，来掩盖自己对女人的恐惧。从此两国关系进入了彼此互不侵犯的稳定期。

玻璃美人在会议中说：女人国像洒满朝露的清晨，一切是新鲜的未知的；女人国是早晨八九点钟的太阳，充满着蓬勃的生机与希望；世界是属于女人的。女人的世纪已经到来；大家要信心百倍地把自己的国家建成一个历史上从没有过的理想国。过去与男人共处的社会是污浊、丑陋、反动的；现在女人们有自己的国家了，一定要建立一个符合女人自身、符合真实、符合宇宙规则的代表历史先进力量的国家；我们要建立一个为大家谋幸福的社会，成员没有高低贵贱，只有分工不同，充分发挥各自潜能，互爱互助，发扬团结一致的优良传统，女人不团结就不会有今天，同样女人不团结将不会有明天。

女人国的昂扬之气在土地中生长，人人都兴奋着、努力着，充盈着无尽的生命力量。

在建立新国家的过程中，尤其在对女人国的精神建设上，玻璃美人和西西有很多共同的议题，玻璃美人采纳了西西的一些建议。

接触多了，两个人熟悉起来。玻璃美人对西西说，我以前把你当作我的情敌。西西说，我知道，因为那个男人向东，所以我还奇怪为什么你会在格林威治山救了我。玻璃美人说，也是你命大，被打成那样还活了下来。西西说，是呀，如果我有你那身功夫，就不会那么惨了。玻璃美人淡然一笑，不置可否，她想起那改变自己人生的少女时代的遭遇来……

两人聊了许多过去的事包括向东包括艺术包括战争，叹地覆天翻、星月斗转，交换对未来事物的看法……两人都被对方与己不同的特质深深吸引了。尽管远离男人很多年了，西西与玻璃美人都没想到自己真的会对女人（尤其对方曾是自己的情敌）产生爱情，而且是强烈的爱情。这回真的产生了，她们深深地爱上了对方。这同性之间具有的细微深刻的理解与融合，这真正的归属感，比异性爱还要透彻与真切。同时，那种曾在与异性恋爱中隐隐闪现的不适感消失了（异性之间其实有许多鸿沟需要跨越，男女之间是两种不易沟通的种群）。这种爱情并不比当初与向东的爱情淡弱，而是如猎猎火焰勃勃燃烧，转眼就红遍了整个天空。

她们拥抱在一起，她们吻在一起，她们融为一体，甚至灵魂都焕然一新。

每天都是深刻的鲜活的，那金属般碰撞着的激情，火花迸溅、绚丽夺目。

本来她们可以地老天荒的、白头到老的、海枯石烂的。

不过西西与玻璃美人毕竟不是当年初出茅庐的小姑娘了，两人的蜜月期没有太长。她们已到了爱情并不能把她们绊倒的时候。

在社会中扮演的不同角色导致对事物的不同立场和看法，使两人逐渐警觉与疏离。西西觉得陷入与玻璃美人的爱情，自己有失去独立思考独立人格的危险。而玻璃美人则越来越不能忍受西西各种带有知识分子色彩的不切实际的建议和直言不讳的批评，自己毕竟是立下赫赫战功、带领女人们于濒临灭亡的绝境重生的伟大领导者。很多人都认为，如果没有玻璃美人，真的不知道女人国今天是否会存在。

两个人都觉得自己现在的社会角色社会责任使她们已身不由己，爱情还是太奢侈的事情吧。从某日开始，没有人打一声招呼，西西与玻璃美人行动一致心照不宣地疏远了对方。

在这个时期，小萍以其令人瞩目的才干得到迅速提拔。她不仅为人谦虚恭敬谨慎克己廉洁（关于她最广为人知的事迹就是，虽身居高位，但穿的衣服从来都是打着补丁，其中尤以她的一件补了上百块补丁的衣服最为著名，这件衣服后来被拿到博物馆广为展览),她还提出一个非常重要的观念:"女人国的信仰应从神界转向现世,而玻璃美人正是女娲神的转世。她比女娲更伟大,女娲仅仅造了人,玻璃美人却带领我们建设起一个新世界。"小萍在公共场合一提起玻璃美人就言语哽噎,高呼:"敬爱的玻璃美人万岁万岁万万岁!"其激动崇敬的心情溢于言表。玻璃美人批评小萍这是搞个人崇拜,小萍说这是情难自禁,这是事实,这是女人国全体女人的心声。小萍脸上总是近乎谦卑的神情,赢得了很多人的好感。

不久,小萍被法定为玻璃美人的接班人。

玻璃美人在一次外出视察时被小萍设计暗害。杀手及相关人员随之被小萍灭口。

在小萍的铁杆支持者中,小芹至关重要。

小芹是小萍打工时认识的一个小保姆。小芹天生的模样应该算清秀的,如果不看见她一瓶接一瓶喝酒的海量,不见她走路呼呼作响的风声及移动桌椅时的粗暴,你不会察觉她心狠手毒的质地。在家乡她没有朋友,村里的女孩子都躲着她,因为她很不好惹,自私、凶狠、蛮横无理。打起架来,很多人确实打不过她,加上她那种不要命的气势,让不少人(包括男人)望而生畏,落于下风。后来到城里给人做保姆,因性格原因换了好几家,直到一个老教授雇佣了她。老教授雇佣她照顾自己瘫痪在床的妻子,妻子辞退了小芹,因为她发现小芹与自己的先生关系暧昧。妻子过世后，小芹又被请回来，这回是照顾老教授，老人的子女在外地，每月回来看老父亲一次。之后老教授过世。子女赶回家中发现一切面目全非，父亲耗其一生心血的珍贵资料被故意毁掉，小芹占有了家里全部财产。原来在老教授死前三个月，在小芹的胁迫操纵下，老教授与小芹登记结婚，并将遗嘱改为一切财产归小芹所有。

那时候人们都很奇怪，小萍和小芹为什么会相处良好，她们是完全不同的两种人，小萍之谦卑和善与小芹之凶狠蛮横相差万里，小萍怎么就与小芹合了拍儿呢，小芹是怎么就吃了小萍那套的。

当玻璃美人遇害这一噩耗传来，女人国陷入悲痛之中，人们纷纷要求严查凶手。作为即任领导人的小萍立即宣布全国进入紧急状态，进行军事管制，成立锦衣卫，以追根溯源找出暗害玻璃美人的凶手及其背后的势力，开始了大规模的清洗运动。

小芹成为锦衣卫头目，在全国布设特务机关，以小萍的旨意排除异己。小芹在实践中总结出"罗织经"，深得小萍的赏识。她们在女人国使用暴力肃反的同时，还对全体女人进行洗脑、精神说教，发动群众，运动群众，到处变成监视、揭发的汪洋大海。在这整人运动中，小萍觉得自己如鱼得水，灵感纷至。

不久全国从上到下进行了轰轰烈烈的大批判运动。运动分为几个阶段。

第一阶段以缉拿凶手为主线，小萍将她政治上的对手、反对者一一打倒。这些人一律被以阴谋杀害璃美人的罪名处极刑或抓捕迫害。玻璃美人的亲信被以各种口实进行大规模清剿。

第二阶段名为"反思"，号召大家互相揭发，一个一个过关，将隐藏在深处的反动势力揪出来深批、狠批。大家统一思想，团结在小萍的周围，将女人国事业进行到底。

西西的腹部又难受起来，她知道这是子宫在发出声音，告诉她到来的将是一场劫难。西西是在这个阶段出现问题的，她没有表现出一个宗教法师应具有的强健神经，而是显露出某种知识分子的脆弱痕迹。她的神经受到强烈刺激，她不能对这种运动的方式产生认同，更不能凭空诬陷她人诬陷自己，而不这样做就不能过关。她出现严重的神经错乱的迹象。她先是被批斗，被剃了阴阳头，受到极大侮辱，接着被关进监狱，后被囚禁在精神病院。

没想到人数是可以清尽的，人是可以穷尽的，每个人是可以落到实处的，每个人都是可以称量的，每个人都是无处躲藏的。这种计算极为严密，连掉落的细胞都被捡拾，边角的渣滓都被夯嵌。

小眉过关要顺利一些。与西西对运动的强烈置疑不同，她更早洞悉了这场运动的真相，甚至判断出小萍是导致玻璃美人遇害的幕后凶手。小眉用揭发她人、检讨自己的方式使自己过了关，只不过这些揭发和检讨的分寸被小眉应用得较为得当，既满足了小萍及其党羽的揭批，又从根本上保护了自己和被自己揭发的人，甚至因为自己的揭发，反而减轻了对当事人的迫害。如她揭发西西曾经批评过玻璃美人，使本有可能被在监狱中迫害至死的西西反被送往相对安全的精神病院，可以与她熟悉的植物日日为伴，度过那段难捱的时光。小眉都没想到自己的方式手段能如此炉火纯青，自己对政治竟如此具有领悟力。但在局势复杂、人群混乱的旋涡之中，小眉也是经历了多次的水煮火煎、心身的炼狱才得以幸存。

通过这一阶段，小萍已经将女人国无论从物质层面还是精神层面都牢牢掌控在自己的手中了。

到了第三阶段，小萍将运动提高到潇洒自如的个性好恶与审美层次。全国上下开展了关于"美的标准"的讨论。小萍肥胖粗壮的四肢、平胸、平臀，整个人向扁胖向生长。她发起"美的标准"讨论，借此挖掘内心对之不满的人。

小萍抛出了她的态度：什么是美？什么是真正的美？在这个女人傲立于世的时代，那些曾被男人认为漂亮的女人才是最丑陋的，她们曾被男人宠爱护卫，在传统的男人社会中占尽利益，她们的骨子里存在天然的软弱性和不彻底性，她们最容易对男人抱有幻想，一旦具有合适的土壤，在这类人中就会产生大量的叛徒和对女人国最危险的敌人。我们要打倒传统社会的漂亮脸蛋，打倒那些曾与男人关系密切的女人，警惕她们里通外国。

小萍的表态完毕，一批批容貌漂亮的女人被揪出来批斗，她们痛哭流涕痛心疾首地剖析自己，交待曾经与男人的关系，并低头认罪。

全国经几次运动，完成了对女人阶级成分、谱系的划分（依据以前与男人的关系、受男人欢迎的程度等）。

人人都要进行思想汇报，深入剖析灵魂深处，交待所思所想。大大小小的批判会、斗争会持续不断。

民间习俗一律禁止，朋友恋人不许聚谈，不许说悄悄话。法律规定：三人以上私人聚会要请示、打报告。报告要经层层审查，程序繁琐，批下来的可能性微乎其微，即便批下来也要一年半载，所以基本等于是禁止。

这时的特务机构遍布全国，监听监视加上互相揭发盛行，人人自危。各种谣言传言暗起成为一种常态。"罗织经"大行其道。

时代流行语"揪"起源于：一个女人某天躺在草地上休息，忽闻鸟鸣之音，她的头脑中闪出"啾"这个词，然后她不停地说，人们误传为"揪"，被小萍迅速捕捉住，之后这个词莫名其妙开始流行起来。它像一个咒语，一下子拨开这个社会的缝隙，然后不可阻挡浩浩荡荡成长起来，并变成揪出敌人的代名词。

这是一个语言贫病的时代，语言的难以表达，张口结舌令每个人都暴怒不已。语言的暗示作用导向人们的内分泌、外形乃至社会前进的方向。

小萍通过起名、命名重新秩序一个世界。如保萍街、卫萍路、向萍胡同、美萍巷等代替了之前的一切。

在这个打倒一切牛鬼蛇神的时代，小萍是唯一的神，是人民唯一的恩人、亲人。

女人们纷纷表示要永远听从小萍的教导。小萍从出生起她的容貌就具备与男人关系的隔绝与对抗，天然具有革命性，是天然的革命者，是真正的革命阶级，她的出生就具有前瞻性、预言性，是伟大和神性的，是真正的女娲在世。

经过这一轮清洗，玻璃美人的声誉也被不知不觉中消灭殆尽。因为玻璃美人是四海闻名的美女。

小萍完全坐稳了女人国女王的宝座（女人国第一领导人的称谓已被小萍更名为女王，她认为这样更有利于女人们团结在自己周围，更好地与男人国对抗）。

女人国人民在小萍的号召下纷纷扮丑，以示革命的时候，小萍却在耗国家之巨资通过各种渠道寻找能使自己变美的偏方（与美容有关的方面一直是小萍的软肋。一到这里她就底气不足了，显露出小孩般的心理花样，出现卖弄虚荣的小伎俩：不时出出风头，动作表情造作而浅薄，令人匪夷所思。她尤其想表明她长得美，这是她几十年的心病。如果有人不小心在这方面，乃至某个细节上触了她的雷区，那就完了。有时巨大历史的改变仅因为其不能说出口的理由，如怕别人说她牙齿不好看或其他）。

但最终美容成效不大，小萍于是转而走向另一极端，完全释放自己的天性，不拘小节，自己粗陋的生活习惯不仅保留下来，还进行提倡，并号令女人国以此为榜样。成者为王败者寇。小萍：我粗陋怎么了？权力在我这里我说了算，你多不粗陋也得听我的，你的命运、你的命也掌握在我手中。我的一切就是标准。

这段时间鳄鱼之美最被推崇，凡是光滑皮肤的东西一律被批判。因为小萍的粗糙皮肤耗巨资也无法改变。思想被画地为牢，禁锢在小萍控制之内。

小萍号召大家粗陋地生活，否则就是立场不坚定，就是对男人存有幻想，就是有叛国投敌之嫌，成为大家批斗及镇压的对象。小萍因杀死玻璃美人才登上宝座，因此她有极度的不安全感，时刻怕别人把她推翻，怕别人杀死她，只有不停的主动斗争，挑动大家互斗，她才觉得自己是安全的。

挑动一部分人斗另一部分人，制造仇恨，让大部分人批斗不合小萍心意的少数人，打倒这部分人后，再利用一批人打倒另一部分人，循环往复以至无穷。人们为在恐惧中自保，纷纷对别人冷酷无情，落井下石，无中生有，栽赃陷害……

通天塔被改作军事用途；迷宫被用作国库，其实就是小萍的个人财产存放处。身体能量中心及宗教场所仅被允许做一件事：歌颂小萍。

把西西、玻璃美人时期的女人国文化斥之为迷信、消极、落后，摧毁一切神灵、权威、偶像，再立小萍为不称神的神，只尊小萍这一事实上的神事实上的宗教。

后来身体能量中心还是被彻底毁掉了。很多女人内分泌失调，有的没到更年期就不来月经了，绝望愤怒的情绪加剧，这种破坏性能量被导向阶级斗争。人们也愈加残酷无情。

女人国宪法还做了真理性规定：小萍是世上长得最美的女人，是女人形象的标准。

这段时期的"避讳"很多，其中最重要的有两方面。一方面是与小萍有关的，如不能直呼小萍其名，与萍有关的词、音等要避开，如"公平"这个词改为"公贫"，"平等"改为"贫等"，以为尊者小萍讳等等。另一方面就是与男人有关的，男人是不配被称作人的，也是不配被女人国时时提起的，"男人"这个称呼被"什么"代替。"什么"是魔，是敌人，是玩笑，是骂人的话。如果说："你这个'什么'！"这是对人最大的侮辱。这也成一种约定俗成的骂人话，后来它的原初含义已不大为人所知，很多人用"什么"骂过人，但根本不知道是什么意思，也从没见过"什么"。避讳"男人"这一词的背后还代表着一个更大的避讳，那就是关于女人国面临的生产下一代的问题，关于这个问题大家都避口不谈，一切都在暗地进行中。女人国有专门的种子机构，专门负责女人国的繁衍，方式是将抓获的生理条件好的男人俘虏关押饲养起来，作为配种使用。这段时间男人的间谍活动之一就是将女人生下的男婴偷走。有的男人扮女装潜入女国刺探情况，被发现后沦为女国的性奴和生育机器。

身体健康的女人到了成年期举行成人仪式后，会秘密被安排去种子机构与男人（即"什么"）配种，生下的孩子若是男孩会被杀死（后来部分被留养在种子机构作性奴使用），若是女孩则被国家公共机构抚养成人。母亲不能抚养探望自己的孩子，孩子属于国家，公民的一切属于国家。

孩子生下来由专门的公共机构抚养，老人由公共机构养老送终。婴儿生下来集中哺育，母亲们不知哪个是自己的孩子。女人国的这项政策由玻璃美人在建国之初制订，源于玻璃美人从小与她自己母亲不够融洽的关系。

到小萍时期，这种方式被一直推行下去了。因为这有助于所有人心无旁骛地效忠小萍。

十六岁前称任何成年女子为母亲，十六岁后可与任何成年女子恋爱，母亲称呼自然取消，无论是不是自己的生母都可恋爱。但为保证后代种群的健康，种子机构对血缘关系进行秘密登记，以避免近亲敷衍。女人更不被容许对与之配种的"什么"产生情感，不能将与配种有关之事进行谈论，否则一经发现将被判重罪。因此，即便众多成年女性心知肚明，未成年女子及未亲身经历的女人都对之一无所知。女人国的恋爱与配种是决然分开的：恋爱在女人与女人之间，这被大力提倡；配种在女人与"什么"之间，于避讳中暗地进行。

在此过程中，有些女人调适不好身心，出现障碍，精神失常。针对这部分人有一专门的精神病院进行治疗。西西遭批判后也被关在这家精神病院。

另外还有一种避讳是不明原因的，不知道为什么，但就是忌讳，比如"洗脚"，这是绝对不能说的，无意中说出这个词的不少人被杀了。有传闻说这个忌讳与小萍早期的一个心理创伤有关。那是小萍捡破烂期间，因为无处清洁个人卫生，曾多次遭人辱骂，让她最受刺激的一次是一个英俊的小伙子轻蔑地甩给她的一个词"洗脚"。有人说实际上小伙子说的不是洗脚，是别的什么词，或者因为小伙子有地方口音，或者因为小萍有地方口音，或者仅因为声音的角度使小萍产生了误解。但那小伙子藐视和带有侮辱性的表情深深刺痛了小萍，在她心中留下不能痊愈的伤口。

也有人说那小伙子并没有藐视侮辱她，他只是长了一副情商缺乏的面孔，任何人看见他都会认为他在藐视自己，或许他的脸本来就有点歪，在某种光线的照射下就合成了小萍心中血色的伤痕。按说就小萍历经艰难备受屈辱的生活经历来讲，这点儿小事应不值一提的，为什么偏偏就如此深地刺痛了她呢？没人说得清。人们知道的就是因为那个脸歪或不歪的帅男，或者因为那时那刻光线的角度甚或马路上的噪声，几十年后女人国有不少人为此丧生。

　　这段时间的戒律包括目光注视小萍女王像时不能斜视、眨眼等有轻慢嫌疑的方式，至于瞪视、翻白眼等公然不敬的方式被发现后会以仇视伟大领袖罪被处以重刑，不管你的眼睛是有意还是无意地扫过。如果有损毁打破或将女王像坐在屁股底下等行为更是不可能被饶恕。于是有人因从火或水等天灾中保护女王像而牺牲了自己的生命受到赞扬，有人因无意中得罪了领袖像而遭殃。有一位同志天生就是斜眼，不小心看了领袖像一眼，被人揭发举报，遭到痛批深挖，深挖她灵魂深处对领袖的不敬，深挖与她有关的一小撮阶级敌人。在整日整夜被强光照射不许睡觉的高压折磨下，几近崩溃的她被迫编造自己周围有策划推翻小萍的特务组织，后来她还富有创意地编造出她的斜眼是后天手术做的，就是为仇视女王。这时她已完全相信了她自己的供述，也得到了审讯机构的认可。在终于可以呼呼大睡一觉后，她连同被她虚构出的"反小萍组织"成员（其中有的人仅因为被她知道姓名，就卷入这一致命的事件）一起被处死。

有的人走路时因胳膊的方向指向男人国,被批为里通外国。有的人,在会场面对伟大领袖集体起立长时间鼓掌时,因体力不支胳膊无力最早停下来而被判重罪。

众多无辜的人每天以惊人的速度被抓捕、被杀害,人随时有可能消失在不知道的地方,高压、神秘、恐怖的氛围时时隐现。

人们从头到脚从情绪到情感,从一个眼神到一声叹息都被管束起来,被捆绑起来。

每个人都被建立了详尽的人事档案。从出生开始的一切活动都被尽可能编码、记录,尤其关键的是细述与男人曾经的交往经过,不得隐瞒,否则一旦发现或被别人揭发出来,后果不堪设想。

关于情绪的安排及方程式。在没有革命口号命名的中间地带的情绪是可疑的(每个情绪都是被革命口号冠名的),可被批判的,被遮掩的,说不清的。情绪是可以统一的吗,可以步调一致的吗?

关于情绪的步骤,不许哭不许笑不许疑问,波幅必须在此上下范围之内,大小不能超过一秒。情绪具有标准化尺度,在不允许的范围哭笑或其他不适宜的情绪要受到惩罚。情绪在指令和计划的范围内,情绪不能越雷池一步,否则刑期遥遥。

人的思维情绪都被条块分割下了定义,且中间没有一点灵活的余地。社会注重对人情感的控制,害怕人们的情感反应,因为这不好管理,易超出控制范围。人性真实的东西闪现一点就被扼杀与吞噬。一个中学生乃至一个儿童冒出一点非理性念头都有可能毁掉她的一生乃至性命。

凡行为不合社会当下语境者均被视为异人，遭到非人的待遇，有的被铁链锁起来，有的作为"展品"在周末展出。

不许放风筝、不许听音乐、禁止贴挂除小萍像外的一切照片和画像、不许穿花衣服、不许穿高跟鞋、走路不能发出太响的声音（从前漂亮女孩子穿高跟鞋走路的声音带给小萍太多刺激）……于是常看到这样的情形：人们开批斗会时，上肢张牙舞爪，下肢却必须相对沉静；这种状态有些分裂，但并非不可能；脚步声轻并不影响批斗人、打人，也不影响杀人。时间长了，很多人练就了上肢超级活跃、下肢悄无声息之神功……

指点江山／指点你哭笑／指点你呼吸的节奏／横下竖上……不允许每个人自由的存在，必须在她视线把玩范围之内，必须以她的意愿方式扭曲着。

规定什么可以做，要怎样去做，除此之外什么都不能做，不能想。控制每一个人的想法和行动。

锦衣卫从户籍证件入手控制人丁，无处不在，无事不管。它附着在社会的每一个单元细胞上，控制着社会的最小单位。锦衣卫不受任何法律条文和国家政策规定的限制。它超越国家法律体系、政府体制，是拥有调度国家资源的超权力机构。很多事情，公检法系统无权自由处理，必须听从锦衣卫。锦衣卫行动秘密，没有书面命令和通知，只有口头传达且不许录音录像，不许文字记录。锦衣卫由小芹负责，直接听命于小萍。

网罗式控制、洗脑，人人过关。不断消灭不同范围和群体中的异己分子。

俗话说，谎言重复多遍就成了真理。从这个理论出发，任何事情都是可以黑白颠倒的，可以指鹿为马的，任何歪理都是可以说成真理的。只要权力掌握在自己手里，天地是可以倒转的，乾坤能够大挪移。有了政权就有了一切，就能随意涂抹历史、现实，能翻手为云覆手为雨。随心所欲地解释编造出来的理论，把一切任意的行动置于冠冕堂皇之中……

有人因叹息和皱眉的习惯被控为对小萍领导的社会持悲观态度而受到批判。这个时代大家的表情、情感、思想都是相似的、没有差异的。步调一致，消除异端。小萍说要制造一种最正确优异的存在。

种子机构还负有一重要任务，就是为小萍物色最好的种子，挑选最英俊的"什么"。每进一批新货，小萍都要先过目挑选。专门为小萍服务的"什么"固定在一定数额，每被淘汰掉一些就会有相应新鲜的"什么"补充上来。"什么"是个忌讳，后来成为秘密流行在特权小圈子中的时髦，有段时间处于地下状态，后来又成为前卫，最后才大众化。

与其他女人仅在配种的几分钟内与"什么"接触（种子机构发明了快速配种方式，将性交时间缩到最短，尽可能减少女人对"什么"产生情感的可能）不同，每天在警卫护卫下都有"什么"

服侍小萍左右，陪小萍睡觉。所以小萍是没有时间和精力与女人恋爱的。小萍的这种行为被称为为国牺牲，舍弃个人幸福，为国家的繁衍辛勤工作。小萍的繁殖力很强，每隔两年就能生下一个孩子。生下女孩会被宫中重点培育，以准备接班、担当重任。若生下男孩——这成了一个问题，并最终变成小萍政治生涯的致命伤。生下第一个男孩时，本要依规定将男孩送走杀死或作性奴，但最终决定在宫中秘密抚养长大至终老，小萍不时可以去密室看儿子。

问题出在小萍生的男孩比例较多上，男孩一多，破绽就多了。一些些的蛛丝马迹被世人捕捉，有关小萍私养儿子的传闻在民间不径而走，各种对小萍政治的不满情绪慢慢积聚，一种对抗性力量在逐渐形成。更重要的是，她不断大规模的肃反、清洗已使人人自危，无意中的一句话，都可能丢掉性命。人们噤若寒蝉，不仅要防备遍及各个角落的特务，连爱人朋友都要防备，有不少人就是被自己最亲近的人出卖的。小萍多活一天，就会有无数无辜的人被杀死被迫害，女人们的生活就不断处于被剥夺的状态：物质、精神、情感、良知、理性、健康、生命、尊严、自由、灵魂……

真正的转机是在天灾之后猝然发生的。这一年的夏季闷热平静，没有人发现灾难来临前的任何征兆，虽然事后有人说曾看到一些不常见的动物公然出现在街上，它们不仅不躲避人类，注视人们的目光还奇怪而冷漠。

这是有史以来最大的地震，在蓝光闪过之后，在凌晨三点人们熟睡的时刻，大地在左右上下扭动几下之后，女人国与男人国就成了一片废墟，两国的分界哭墙也轰然倒塌。男女两国各有三分之二以上的人口遇难，那到处横卧着死去的人提醒着人们死亡那神秘的去处，所有人的归宿。世界一片凋零。女人、男人都分明感受到人类末日降临的气息。

地震了，住在精神病院的西西认为这与她自己的月经有关。她已到了更年期，好久没有月经了。地震了，她来了月经。

地震时，西西在病房中熟睡，醒来时却发现自己露天躺在布满星星的夜空之下。原来是房屋崩塌扭伸之际，将她甩脱在外。

在震后的两国边界，重伤的两国人因哭墙的倒塌第一次没有戒备毫无遮拦地暴露在敌方的面前，人们的第一反应还是要拿起武器击灭异己，但严重的伤势使之力不从心，同时余震的发生也在不断地提醒、拷问着人们，在神的惩罚面前，不必急着自相残杀添砖加瓦，杀人显得无聊多余。

哭墙仍旧被修了起来，但对抗全然消失了，一股前所未有的潜流在两国人心中悄然生长起来。

这是一个疾病降临的时代，每个人苍白的脸上是关于生命的恐慌，每天与环境与自然进行殊死的搏斗。"呻吟教"如星火燎原瞬间成为男女两国的救命草。

我还未到听见树枝折断的声音的地步，叶子也没有被吹动，水泥街道还是硬硬的不见什么多余的痕迹。地震来了不过是为掩饰它的出现，它使我们左右摇晃、惊惶失措。艾滋病当然来临了，疯牛病也来了，这也不能成为解释它的理由，它无声无息又让人警觉。911大楼被爆是否同那天那个司机有关？它与肾脏有关吗？这个问题让人思考。与肾上腺或腹膜血红细胞有关？我知道它不是地震，地震仅仅转移了我们对它的视线，然后它突然转身。与全球变暖有关？与他那天看她的表情有关？与街上乞讨的人们有关？还是与精灵古怪的小女儿们有关？与桥墩有关还是与细胞有关？与富有者有关与平民有关还是与月亮星星的周期有关？与太阳黑子有关吗？与风沙和雨季的提前来临有关吗？它是否轻巧可人，以我们未察觉的方式潜行。

这期间女人国发生的大事就是小萍在地震中死去。当时她正与两个"什么"睡在床上，被倒塌的房屋砸得面目皆非。不过这是官方的记载。据说，小萍实际上是被反对她的人毒死的。还有人说她是因当年隆胸（注射"奥美定"隆胸后身心备受折磨，只能做手术取出，但又取不尽，生不如死）留下的后遗症毒发致死。这后遗症一直在她的心灵和情绪深处积蓄着怨毒与报复的戾气，整人运动成为她重要的发泄方式。

小眉被大家推举成为女人国新一代的领导人。说来奇怪，小萍死后被大家心照不宣地迅速遗弃。小眉的改革新政顺利推出，其中最重要的一点就是取消性别斗争，与男人国互相承认，和平相处。

在这个转换的时代，妞妞正值青春妙龄。在这种季节，妞妞觉得自己的身体拔节很快，可以听到骨节生长的声音。

因为未走入生育的女人行列,所以妞妞从未见过男人,也不了解关于男人的事情。

这一日妞妞在街道上行走,忽然她发现一个裸身类人之物向她走来(女人国的"什么"都一丝不挂,这是女人国的规定,为了容易辨认与控制),令她极为震撼。它的样子很怪,这是什么?与猴、狗、猪等动物相比,它倒是最接近人。长成这么丑陋古怪的样子也能叫人吗?难道这就是传说中的"什么"?只见这"什么"从头到脚都显得很硬很别扭,尤其令人震惊和不能接受的是,这"什么"没有乳房,在本应长乳房的地方,扁扁平平硬硬的仅有一个乳头。而在下体却多出一堆畸形丑陋的东西,很像某种低级生物。妞妞知道这就是"什么"了。妞妞充满好奇地看着"什么","什么"也在看妞妞。在"什么"从妞妞身边走过时,妞妞闻到"什么"身上一股奇怪的难闻的气味。这是她不习惯的,她被呛得后退了几步,并忍不住转身在路边的树下狂吐起来。妞妞想,怪不得都说"什么"是一种劣等的人类呢,他们天生就是如此畸形如此丑陋,如此让人难以适应。"什么"的长相是她不能接受的,身体部分之衔接,角度、弧度都不是她所了解的。它的形体可以奇怪到危险,让人难以想象地不可能地耸立着却不掉,且长在不可能的地方。妞妞想:这是"什么"在向我靠近。它让我感觉迷惘。

"什么"走近时,那种气味向她袭来,并敏感了她的鼻子。

从小眉新政开始,"什么"被复名为"男人",但称呼"什么"还是占主流。街道上逐渐能看到"什么"的影子,这些"什么"都是被女人有限放风和豢养的，区别在于以前他们被讳莫如深地藏在某个角落，现在向大众明示了。

妞妞就是在这个时候碰见了那个"什么"，而且不只一次，是反复碰到，像是在不断加强记忆，于是不熟也只好熟了。

记得有一次妞妞站在路边的时候，突然感到那股由某人身体内散发的强烈味道似乎有意向她笼罩而来，正是"什么"站在她身后。她一转身正见到一紧粘住她视线的暧昧眼神，她感到一阵作呕。这"什么"眼神很亮，但却不是妞妞所能明白的含义。陌生、不适、不确切感，一切是那么未知。

这是些"什么"在向她靠近，气味腥腥的，这么可疑。

妞妞属于在女人国"土生土长"的一代人，即是女人国规范下出生与成长，不知其父不知其母，更不知男人为何物，被称之为新新人类。

妞妞知道这座城池很久了。从她出生，甚至出生之前就在这座城的营养下由小小的细胞逐渐生长，它的氛围润染着她，然后她来到这个世界。她无法跳出它去看见别的什么，它永远规定着她，她的血液、灵魂、嗅觉、味觉、思想、视觉所有的感受由它塑造，没有一丝逃脱的可能。当然就像爱她自己的身体，她习惯了它，爱它，它对于她就像空气不可或缺。等世界一点点向她展现端倪，她却愈加迷惑了。

妞妞觉得自己不小了，可一切都难以把握。生活的程序如此细密,她向生活学习,可还是搞不清生活的逻辑。她力图理性,可仍然无法拉直所有的生活。有时不知会触碰到世界的哪根神经,它一下子袭击你,改变你,令你措手不及。

妞妞有时试图廓清这座城的纹路,但百寻不得其理。它被纵横交错的重重枝蔓覆盖、误导、误读着。妞妞很久都不知格林威治山、灵山之外还有世界。

她们这批孩子大都是成年期的女人与种子机构男战俘之类的精子结合的成果,孩子一生下来就被送到女人国的抚育机构进行集体专门地养育,母亲与孩子不再有任何关系,彼此终生不会有对方的音信,即便相见也不大可能认出对方。

妞妞小时候就见过西西,那年妞妞才五岁。大人们告诉妞妞,西西是教主。西西吻了妞妞的小脸一下,妞妞就爱上了她。当时西西在带领女人们进行抛洒玫瑰花瓣的宗教仪式,妞妞被那以各种姿态速度飘移飞扬降落的玫瑰花瓣迷住了,她觉得那就是神的语言,而一袭白色飘逸长袍的西西在风的吹动下真的翩如女神宛若上帝。西西是她幼小心灵中存留和所能想象的最美形象,成为她人生中的深刻一幕。西西盘腿而坐,花瓣从她粉颈洒落,她像个仙人远不可及,美得体无完肤。

妞妞没有想到自己再次见到西西就是在精神病院了。这时妞妞已读大学,假期在精神病院做志愿者,西西正是她的护理对象。西西经常犯病,一犯病就要大哭,哭起来就没完没了,充分显示了她哭宗教主的本色。月经期哭,非月经期也哭;季节更替是她哭得最凶猛的时候,夏秋更替要哭,秋冬更替更要哭。她的泪腺极端发达，一流起来就如滔滔之江水无息无止。她的哭具有强大的感染力，身边的人基本都会被她带动着一起落泪。往往她一哭起来，精神病院就一片哭声，给这里的工作带来一定的困扰。于是西西被与其他病人远远地隔离开来，由妞妞等人专门照看她。

妞妞过于受到西西的浸染。西西一犯病，她比西西还难过。西西小哭，她中哭；西西中哭，她大哭；西西大哭，她就嚎啕大哭。西西开始哭的时候，她跟着哭；西西停下来的时候，她还无法停下来，她哭得最后让西西都愣住了。西西犯病的数量在渐次减少，两人的关系日益紧密。妞妞觉得自己爱上了西西，西西似乎也是。随着西西病情的好转，西西被允许在病房后面的空地种植一些她所了解的植物，西西破碎的灵魂在一点点拼和起来。

妞妞在病房后面的林荫小路又遇见了那个"什么"。这次"什么"身上的异味小了好多，似乎做过清洗。妞妞看着"什么"还是觉得别扭。是啊，谁会看着畸形人舒服呢？该长东西的地方不长，不该长的却乱七八糟。但排斥的同时，一缕好奇也在顽强滋生："什么"与我们为什么这么不同？人怎么能长成他们这个样子？这不是开国际玩笑吗？

妞妞的心理活动，"什么"似乎一清二楚。他是较早被允许在街道上行走的"什么"，经历过不少事情，妞妞这种没见过男人的小女人是目前对他最有益的。"什么"先是哭了起来。这哭声让妞妞一震，"什么"也会哭吗？尽管声音粗陋难听得让人难以接受，但那令人心碎的成分却使她想起了西西。"什么"说："小姐姐，我是'什么'，求您帮帮我吧，我很难受。"妞妞有些戒备地："我能帮你什么？""什么"："很简单，很简单，非常非常简单，您的举手之劳就能救了我的命。"妞妞觉得有些迷惑。"什么"一下躺在妞妞面前的林地上："只要把你的手放在我心脏上。"妞妞有些吃惊："你，你也有心脏？它在什么地方？"这个"什么"想："这女人连这都不知道，她真的认为我们男人就不是人吗？这么愚蠢、自高自大，这就不能怪我了。"于是，"什么"说："就是你认为很奇怪的这个东西。"边说他边用手指了指下体上的一堆，有点像鱼籽般的颜色。仔细看那东西像某种原始生物，它的头耷在一边，颇具表情。妞妞不知为什么觉得有点恶心，有点忐忑，但好奇心还是占了上风。她心想，又能怎么样呢？会怎么样？她慢慢将手伸向那堆东西。碰到那里的一刹那，那东西猛地长大起来，变得脸红脖子粗。妞妞完全没料到会出现这种情况，不禁吓了一跳。"什么"："你看，我的心脏又好了，你救了我，我得报答你。"说完含情脉脉地注视着妞妞，妞妞被他电得直发蒙，人一下子柔软下来。他拉起妞妞的手，他把妞妞拉向他自己，他吻妞妞，妞妞做梦一般，如同被带入了某种气场，身不由己，直到"什么"身上的那个东西一下子刺入妞妞的身体。妞妞被剧痛惊醒，她觉得自己上当了，她想挣扎着起来，但被"什么"死死压在身下动弹不得，妞妞呼叫的嘴也被"什么"的嘴堵上了。她力图同"什么"进行搏斗，但力不从心。这是一次妞妞没有防备的两性之搏斗。

妞妞绝望地想，看来自己今天要被"什么"这个敌人杀死了。

有关小女孩的童话是怎么说的,有些盒子是不能随便打开的,不要有好奇心。歌曰:"你是那个盒子,也许是个不该打开的盒子,但我实在好奇……能否让一切戛然而止,就让一切戛然而止……"

"什么"向妞妞的体内喷射精液之后,他起了身,便头也不回地迅速消失在树林深处。妞妞一丝不挂地在那里,不禁痛哭起来。她觉得他完全破坏了她,搅乱了她,而后把他的垃圾留给了她,留在她自己无法取出的体内,然后他一身轻松地走了。这是一种多么邪恶的动物,他们应该被杀死,被灭绝。肮脏的东西进入了她的身体,她如何才能清除,这是一个必须解决的问题。世界上为什么会有这么不要脸、不知羞耻的类属。

妞妞报了警,那个"什么"被抓获,他被剥夺了在外面行走的权利,他将终身被关在种子中心。

意外与那个"什么"遭遇之事使妞妞第一次大规模地沉思下来,她开始思考与论证。与"什么"的整个过程被她做了一小块、一小块的解析。他使她愁肠百结,他的程序恰如其分地玩弄了她未涉世事的心灵。他熟练驾驭图量好的步骤达到了他的预期,他感受到控制的快感。他的方式她从未经受过,他与她的斗争远未结束。

妞妞觉得自己不仅丢了身体也丢了灵魂,他侵占了她身心的每个角落,一顿肆意涂抹修改蹂躏之后将她扔弃,她的身体与精神都被莫名操纵,她没有了自己,没有了自己的身体,自己的心。她试图收拾好她的肉体,收拢好她散乱的身体重新凝聚于一。

她的身体与另外一个族类相关了，这是一件危险的事情。

她的身体被他用不同方式扰乱，她的身心被迫留下他的印痕，这种难以去除的感觉让她想死。

很久之后，她才将它们找了回来。

通过对男人的豢养，女人逐渐掌握了他们的习性及发情规律。

一直以来，除规定的交配，要满足对男人的好奇得有特殊渠道才行。尽管在老百姓这里讳莫如深，但在特权阶层早以与男人性游戏作为一时尚及同性爱之外的调味品。而品评"男人"从毛发、肌肉、身体比例结构等都形成一门专门的学问，为避讳"男"字，除"什么"外，还称为"不女"类、"另"类、"第二性"等。"男人"曾如一个秘密，不能公之于众，不能真相大白。

后来有些男人国男人为求政治避难来到女人国，因为当时男人国中正在进行风起云涌的大运动，被迫害的活不下去的男人纷纷逃往女人国作"面首"。"面首"大部分也放在种子中心，待遇比种子中心的"什么"要好一些，但还是统称"什么"。

男人先是被女人国高层偷偷玩用，后随"什么"资源的增多，种子中心向适龄的大众开放了。玩用男人从特权人的腐败行为走向对大众公开，但大众的接受一时没有那么快，所以尚属少数人的前卫行为。

妞妞在此之列。

经过与各种类"什么"之间关系的多次历练，妞妞对男女的性关系逐渐清晰起来。妞妞开始想知道自己是谁，到这世上干什么来了。

妞妞去种子中心生育时,有的"什么"突然将她压下,她备感屈辱、愤怒,会一脚将他踹掉,待他乖乖俯首,她的大脑才会清醒过来。她在想为什么要让他身上丑陋的东西放到她的身体里,这是没道理的事,不对劲也不应该。如果不为生孩子就没有这个必要。与"什么"性交实在是件奇怪而痛苦的事情。她觉得自己是在受虐。所以每次结束,她都要狠狠鞭打他以泄愤:"你凭什么!你凭什么!"

有时妞妞觉得男人(即"什么")是很难处置的类族。天生的肮脏、下贱、丑恶。男人有目露凶光的,有迂回曲折虚伪的,但最终还是脆弱及不堪一击的,在女人强大的力量之下,什么挣扎背叛都是徒劳。当发现男人脆弱的本质之后,妞妞对他们又有了些居高临下的怜悯。

那一天大风吹过,树上的花瓣纷纷飘落,像下起了花雨,那个裸体的"什么"在花雨中行走,花瓣落在他支起的生殖器上。妞妞忽然觉得很美,心中竟泛起一丝柔情,就像对自己的小宠物。这瞬间,她觉得男人很乖巧、也美好,需抚慰,是比女人脆弱的族群。

她写了一篇关于"阴蒂学"的文章。从科学与实践的角度论证了女人的性本质,又一次佐证了女性优于男人之处。妞妞认为女人的性本质在于阴蒂,女性的性能力强于男人;男人完全不是女人的对手;男人对女性阴蒂是恐惧的;精子远比卵子脆弱。因此男人的本质比女人脆弱,因此男人注定是第二性人类,女人天生是比男人优良的品种，这也是作为上等人类的女性无论精神还是身体都只能同性相爱的原因，至于低等的男人只能作为女人的生育工具。

这回，妞妞胸有成竹地去种子中心找她第一次遭遇的"什么"。"什么"看见她有些恐惧，他知道来者不善。但妞妞并没做别的什么，她只是按照她遭"什么"伤害的过程逆向解构重现，以论证过的细致入微的方式，治疗自己，打击"什么"。"什么"很快就难以招架了，憔悴得像一堆烂泥，废掉了。妞妞这时觉得她现在已把他像垃圾一样排掉了，她离开种子中心时唱起歌来："天呀／他为什么不行啦？／他为什么不行呀？／天哪／'什么'为什么不行啦？／'什么'为什么不行呀？／神啊／为什么他是一堆肌肉垃圾呀……"唱了好几个来回。后来她配上念白："神啊，他为什么这么丑陋这么低级这么愚钝，充满动物性的条件反射，完全是一堆肌肉垃圾呀。"

她忽然发觉他们长得像各种动物，于是她以概括他们像什么动物、为他们起动物名当作消遣。

妞妞的身心恢复了自由。渐渐地，她还欲望大开，显现了超常的性能力，她没有像其他女人一样怀孕，她只是越战越勇，永无止境，众多的"什么"被她蚕食殆尽。"什么"们觉得妞妞像无底的深渊，他们完全被吞噬、被粉碎。散养的"什么"看到妞妞时，在可能的情况下都落荒而逃。此时的妞妞以一性无敌的形象出现。

"什么"模样种类很不同，有的温顺献媚，有的咆哮暴躁，有的萎靡，有的亢奋。女人隔着栏杆喂他们食物，用棍子触碰他们，看他们的各种反应。他们下身上的东西最有趣，时大时小，时长时短，时软时皱……它们是女人生孩子的工具，是女人集体运动和玩耍的物用。他们上半身缺少隆起，下半身多个东西，天生就是人类的残次品。

女人试图发明、制作控制男人生殖器的装置——一只小口袋。

"什么"逐渐按功能外形而归类，供女人不同之需使用。

女人研究出一整套给"什么"点穴的方式，点按不同的穴位，"什么"就呈现不同的样态。"什么"身上的按钮（机关）完全被女人掌握。

妞妞经常点穴"什么"，每天使他们呈现不同的变化，别样的形态，觉得其乐无穷。

女人们认为女人国也点着这个世界的穴位，力图将之搞定。

随着女人国像妞妞这样玩赏"什么"的人的增多，一门专门评品"什么"的学问产生了。每年她们还会举行"什么"选美大赛，对"什么"的外形，从头到脚的尺寸，质地颜色硬度等进行分类归纳，从毛发到各器官都有严格的标准以分出三六九等。后来还增加了才艺展示、回答问题等环节，以测试其性格气质，如温顺妩媚型、激昂抖擞型、平和敦厚型、萎靡颓废型等。再根据女人的不同口味进行调适；不同的阶段常常流行不同的类型；选美活动——对男人的选美活动日益兴盛。

男人被看作是"什么"的学名。男人也被称为"另类"，即另一种人类的意思。比美获胜的"什么"会得到很大的优待，更有被权势女人包养的机会，于是男人们都对选美趋之若鹜，为自己的前途费尽心机。

生存在女人国的男人也是被教化的，他们时时被要求背诵"圣经"：是女性创造了世界，是女人孕育了男人。女人具有与生俱来的高贵、美德、通灵的智慧。男人应服从女人，服从女人就是服从上帝。男人应崇拜女人，崇拜女人就是崇拜真理。女人就是男人的宗教，男人要为女人而献身。女人是男人的世界观和方法论。

这段时间持续得不算太长，随着改革的进一步深化，很多人还没弄明白怎么回事，世界就发生了更加剧烈的变化。

第九章
Chapter 9

有 时

第九章 有 时

自从哭墙倒塌，男女两国就处在停战状态。两国的观念发生了巨大的改变。两者都意识到，再这样隔绝下去，无论女人还是男人都会很快灭亡的，人类会很快灭亡的。

凋敝，社会的大凋敝，人类垂垂老矣，一片荒芜，下一代成了问题。兜了一个大圈子后，男女两国又恢复了往来。

作为女人国领导人的小眉与作为男人国领导人的阿祖，一致把两国的改革引向深入：两国结束长期对立、隔绝、冷战状态，开放交流，融为一体，构筑一个丰富多样更合人性的世界。女人男人都是人，不应自相残杀以保护世界生物物种的多样性，应友爱互助，求同存异，努力携手繁衍人类。

这时，"呻吟教"如星火燎原成为天灾之后男女两国的救命草。呻吟教源于灾难中大家的呻吟。用呻吟减轻疼痛，在这方面男女两国人是不约而同达成一致的。声音大同小异，呻吟声此起彼伏，呻吟教应时而生。这一跨越国界的宗教促进了男女两国统一。

男女国统一是两国政治利益的需要，但要所有人猛然一百八十度大转弯完全接受这一切还有点难度，尤其是对西西这些经历过男人大屠杀噩梦的人更是如此，不像妞妞这样的新新人类能迅速并兴奋地准备开始新鲜的事物，并将之当成一种时髦。

怎样教化，使大家异性相恋呢？走上与男人相恋的这条路，进入这个规定；有时似乎真的要把与同性的爱情放到一边；异性之间是更加不可知的电力传送；这与过去女人同"什么"的关系不可同日而语，是两种事情。

所以宣传教育很重要，要扭转人们的观念，使之符合时代的潮流。这时社会的一个重要问题是：很多女人与男人之间不能发生真正的兴趣，同性恋仍是社会的主要结构。异性沟通是交往中的最大难题，粗糙生硬、麻木机械，男女冲突打架的事时有发生，每个人都伤痕累累。

性交不是件容易的事，它需要反复研讨。

男女国合并起初还有些各自自治的味道。男人常常是没来由地兴奋，男人的高潮是女人所不能理解的。当然为了响应号召，女人都在积极与男人性交。

社会学家们建议从人们的衣着入手，以提高两性之间的性感度与吸引力。在温度允许的情况下，提倡人们少穿或不穿衣服，流行裸体（社会一度将夏季着衣者斥为"流氓"，最严格时甚至要被关禁闭），这是社会的头等大事。

这期间进行过的最大规模的一次示范活动，是国家领导人小眉与阿祖亲自主持的。地点在世界上最大的聚会广场。这广场中间是一圆形的祭坛，由小眉与阿祖在上面做示范。这对小眉、阿祖确是巨大的挑战，无数的心理障碍都很难逾越。唯一一点尚可之处是当初战争时两人没有碰上过，没有面对面屠戮对方；如今物是人非，两人除了肉身还与名字相对应，其余的完全重新编码了。这次行动是两个领导人为人类的切身利益尽职责，做出的巨大努力和牺牲。如果领导人在这重要的历史时刻都不能做出表率，又何以带动人民！

　　她不知道他的身体中藏有这个秘密，那是生活源泉的中心吗？他暴露出这个秘密，然后将它贴近她，从她身体的开口进入；她与他的节韵开始趋向一致；这是两人生命的机关按钮；它们的变动令她与他备感好奇，它引起她与他身体的变化，有时觉得自己仿佛变了一个人；这是上帝编好的程序，它使他的它与她的它相互吸引并莫名其妙地弄到一起。有时身体的一个触碰就能启动这个开关（机关），上帝早已撒下天罗地网。

　　后来社会学家发现全民裸体并不能让异性之间产生欲望，倒起了相反效果，人们不仅熟视无睹甚而觉得无聊乏味，更对异性失去了兴趣。于是又提倡人们穿上衣服以增加性感，在某段时间的语汇中"衣服"甚至成为色情的象征。

　　在服饰装扮上，人们也穷尽了各种可能。

　　天气突然就这样热起来了，人们的衣衫一点点除去，不知不觉中人们已袒露于阳光下了。

　　在促进男女友好的问题上还有最大的障碍需要跨越：如何化解男女之间尤其是老年男女之间曾有过的血海深仇。西西与向东进入了阿祖和小眉的视野，阿祖与小眉要尽力促成西西与向东和好，既是为还这对苦命情人晚年一个圆满，也是给社会树立一个榜样。

这个过程很艰难，西西与向东这时已经是六十多岁的老人了，彼此相见，苦不能抑，面目全非，恍如隔世。

几十年后再见，我们发现自己都已被他人、被社会、被环境深深地殖民，无论多出还是丢失了的脂肪，无论眼神还是气息，我们都已被殖民。

西西发现向东的模样倒是与当年他的父亲非常相像了。

到底什么样的人才有资格随意修改生活的流程而不被生活所控。

原谅，原谅吧，清洗灵魂，一点点露出那曾经相爱的底色。气场是一点点温暖起来的。

西西和向东终于又接受了对方，在人难以承受的底线。两个老人抱在一起哭了。

后来这对老人变得时时形影不离，好像深怕在一起的时间太少，无论坐着睡着走着都手拉着手。向东对西西说："这下什么都不能把我们分开了。"西西："是的，什么也不能。"

她与他（老年西西与向东）从地平线走来，并列着，一左一右，一前一后，手拉手，相似的衣着（情侣衫）。

她（妞妞）从地平线走出来。

在男女国统一的社会里，除了在同性恋为主的社会中倡导异性恋以繁衍人类，其余宽松自由，允许多种方式类型的存在，允许千奇百貌的探索。

有人认为单一的同性恋、异性恋都使差异的其他形式受到了压抑。心灵的多种需求和可能被掩盖在单一的倾向中。

有人要发明一种自由，新的生活方式、生存艺术，进行一些心照不宣的约定的社会游戏。

你的性属于你自己，它不属于国家，不属于官员。你的性是你自己的，你和别人一起探索它，这是你与生俱来的权利。"性专制"不应存在。

但它不是不顾他人的随心所欲，而是以平等达到快乐的观念为前提的。

这是一个很"慢"的社会。经济的发展速度一般，大家缓慢而创意无穷地活着，但很复杂，如蛛网一般错综，万千枝杈，层层迭盖，纵横覆掩。人们拒绝被贴上各类标签，在多种层面穿梭、思考；各式社会辩论此起彼伏，针对诸种新状况新问题的论战更是社会的常态；律师、协调者成为社会的大量需要。

一定是慢、再慢。草中蚂蚁的叫声。柏油路没有一点不平。

在这个社会，存在、生长着多种样观，是多重文化、多重性别、多重性向的大杂烩。这是一个努力"解放天性"的开放的时代。

想想自己是谁，我们认为自己是谁。

试试讲述自己灵魂的真理。

超越社会已存在的各种关系，去创造完全不同的更具想象力的一切。

在国家统一之后，曾出现过寻找自己血缘亲人的潮流，如果你想与自己的父母在一起生活，可以的。

如果你想认自己生身父母以外的人为自己的父母，可以的。

如果你想组成异性家庭，可以的。

你想组成同性家庭，可以的。

你想双性恋、中性恋、物恋、动物恋等都是可以的。

如果想领养一个朋友，可以的。

如果你想……可以的。

你可以发明各种各样的人际关系，冲破传统社会、文化、家庭对人产生的催眠效应，但你也要承担未知的后果。

这段日子经常有人频繁地进出监狱，因为犯法或没有犯法。这是一段人与法律的磨合期，也是管理的复杂期。

妞妞正是过着这样一种与时代一致的实验式生活。她力图挣脱一切固有之物的束缚，对各种标签警惕地保持距离，探索人际关系和生存角色更丰富的可能，她想知道"我是谁？我究竟是谁？"支撑她的则是她强大的青春激情。

性之间的爱是轻盈而欢乐的舞蹈。

社会成立了换角色中心。人们在这里随时可以扮演任何角色，卸去一身负担；实现关于生活方式的创意、梦幻；发明自我，发明一种自由，一种不必协调的人际关系方式。一个发现新的社会身份和个人身份的过程。允许一切可能的人际关系类型的存在。

从妞妞这个角度看，西西与向东是衰老了的。在这样一个多选择的社会，西西与向东选择的是怀旧，妞妞选择的则是向前向未知探索。

妞妞尝试各种"出轨"的方式，在精神与肉体的各个层面穿梭。

她的精神与肉体都在经历多种方式的冒险。妞妞危险地游弋在各种可能和极限之间。人的心灵是一个被训练的过程,而痕迹难以磨灭。当一个人走来,你如何判断他体内液体的成分,是否决定与他交换体液,这是一种危险的行为。

后来妞妞掌握了操纵他们身体的钥匙,这是她多年潜心修行的结果,每个男人都过不了她的几个招式。这时她才发现世界上的一切都是技巧性的。

在床上她才发现这个外表英俊的男子原来如此愚鲁如此蒙昧,像一个未开化的原始人。他的生殖器又粗又大,像只大傻瓜,让她感觉又痛又心烦。

她毕竟无法与穴居的原始人做爱,他那样粗粝与混沌的线条无法清晰出细致的情感、柔情……更谈不上其他。

如果性革命意味着像动物一样交媾,对人来说没有意义。当然,也不是绝对的,如果哪一天,上帝认为这是拯救人类的唯一方式,那么一切都是可能的。人类变回最初级的动物也是可能的,人类并不是什么,人类什么都不是,一切皆有可能。

性是人类与动物的最后一点一致之处吗?性是人类与动物之间的最后一个问题吗?人类是否因此永远跳不出动物的逻辑?跳出的那一天也就意味着毁灭?

人类的一切都曾经存在过吗?

床上的他暴露了他本人全部丑陋与愚蠢的真相,之前的吸引力消失殆尽。她比任何时候都更强烈地感觉到他的陌生,这是一种永远无法拉近、只能愈加隔膜、遥远的感觉，这是一种无法逾越的天堑。她：他干吗要把他身体上的东西放到我的身体里，弄得我好痛。是想让我的身体与他一起运动吗？他以为这样就可以让我与他一起运动了吗？

他的肩膀宽阔，但它像一形状良好的物品并不本质，造化赋予它形式，但与其内在含义并不搭调。那宽度、肌肉并不代表魅力、承受力等的存在。

目睹他那声嘶力竭唱歌的脸，妞妞发了呆。她发觉男人对她来说仍是一种陌生的动物，古怪得很。

他从他不能控制的身躯里扭曲地发声。他像枯竭的石头，从中能挖掘点什么，哪种锐利可以使用？哪种重量能够抵达？他的声音低沉而缓慢地发出，他使她升起探究的愿望。他总是被噎住，头一下下摇动，那天他摇动得很厉害并难以停止。男人，他的样子让妞妞感到陌生，男人仍是一种陌生的动物。

他身上经常出现一些态势，是种异样、不同的形貌，让人难以预测并有一种堵涩感，他是属于哪种类型的动物呢？怎样体会关于他的那种感受呢？他站起来然后坐下，坐下又站起来……他一会儿靠近树木，一会离开河流……他在那里不停地踱步。他的趋势好像是向前的但又充满回转的暧昧，他奇怪的颜色和轮廓，他就这样在她迷惑的视线中晃来晃去。

他看起来很帅，可一说话发出的是种鸭子般的声音。

他长得有些像猪的形状，而另外那个人极像一条狼狗，尤其那双眼睛，如一双狗眼或狼眼。这些是没有办法的事。人类与动物有很近的血缘。

她爱过一个说话声音如蚊子般跳动的男人。后来发现他的微笑是一种习惯性的肌肉抽动，并不代表他的内心，他哭的时候也仿佛在笑。当她明白这一点时为时已晚。这微笑一时屏蔽了众多不适，酿了各味难吃的果子。她知道当他对人微笑时很可能内心对之愤恨不已，至此她才从他微笑的迷局中走出。

随着他面具的慢慢合拢，一切又重新开始。

循着那中年妇女般的声音望去，原来是一男子在说话。他的身体是怎样制造出这种声音的，这是一个谜。

男人是一种异物，你怎知他们？

他的目光差一点就超俗了，但接着就掉了下去。

他在自己的身上布满伪装和陷阱，筑起各种防线，他操练各个环节曲张洒然、收缩自如。

有的地方贴着这样的标语——处男：受处理的男人。

她不喜欢他的死鱼眼、短腿、肥肥的身体与大脑，她说肥胖是心境不好与乏于思索的表现。

他龇牙咧嘴造作了半天，吐出的话语却空洞干瘪乏味，又一次考验了听者的忍受力。

这是一种关于情绪和内分泌的游戏。这是一种危险的试图。将情绪的开关调整到这里然后离去，那被笼罩者便容易失调便秘与错乱。

后来领导人以中性人、阴阳人最被大家推崇，也最为时髦。

有一种界线始终不清，我们的新领导，到底是阴性更多还是阳性更多呢？每一次性转换都会导致全体性的大运动乃至杀戮。

远看那打网球的是个气质超拔的男孩，近些发现是颇庸俗一般之人，再仔细定睛一看，原来是个令人不易分清男女的女孩。

她有时隐隐感到"什么"（男人）在远处召唤；她又回到了自己的女伴旁边；后来有困惑、厌倦……这是一种潜在的病，时有发生，也有相应的治疗。

每一种紧张都从旁边透过来，它镶嵌着。

社会潮流也是瞬息万变。有的日子时时处处充满着慷慨激辩、热烈陈词。也有一段时间大家突然鸦雀无声，闭口不谈了，流行一个人自闭。这时那些习惯煽动他人的人就没有了用武之地。如一个叫特勒稀的人总是主动拿钱请人听他的演讲，但即便这样也是应者寥寥，他只能在路边呆呆地踢石子，对着石头说话。人们都沉浸在自己无语的世界里不能自拔。后来发展到任何人想请别人听自己说话都要付费。

厚厚的一层面具社会运行习惯于此，真正有血有肉的越来越少，眼泪日趋昂贵，要大哭一场需去医院付费。

人们交往以计算数字的方式量好尺寸再开始进行。

每个人是一个国家，每个人对自己的世界都是独特的掌握和处理。每个人灵魂自由又不影响他人，以复杂而细腻的法律与之相配。

生活方式之一是仅用舞蹈进行交流。

这个时代有一种通体的欢乐，像坐在夜间行驶的汽车中轻盈的飞奔，前面是无限美妙的展开，我们希望生命能一直通向永远。

春天终于来了，空气中多了迷人的味道，人的生命从内心到外表都复苏了，有些东西透彻了，冻结的部分化开了。

眼镜是人身上奇怪的附件。

有段时间流行中性人或无性别人，无任何性倾向。

每个人时时面临的性身份等各样选择使焦虑症以几何级数疯狂蔓延。

急速旋转的时代中快速崩溃的个人，恐慌，不安全感，信仰破灭，有人整日积存食物。日子的加速度旋转是让人无法不接受也无法停止的。这种无法阻挡的让人眼花缭乱的改变是一种不可抑制的神的节奏。911，不仅恐怖的尾梢也扫过一点我们的生活，每时每刻生活都在剧烈地旋转。社会的变幻如此之快如此之大，仿佛过了几个世纪。其变化在速度、深度、广度方面都是空前的。

似乎是乱了套，到底是世纪末的最后一年，人类的神经好像也出了问题。

粉碎／它总是粉碎／来不及挽救／来不及后退／它从不说话／它只是粉碎／它有时缓慢／姿势异常优美／它旋转／它组合变幻／难以更改……／去拉它的手／它便如烟花般缓慢／烟

花般恍然／然后粉碎

那一瞬间／世界有了举动／风刮起来／将世界咬出齿痕／时间翕张／疑问悬留半空／溃退／坚守／无声

在这样的瞬间／上下驱动／突然散开／一点点弥漫／渐渐有了知觉／灵魂愈加集中和浓郁／看清楚你／对你深深微笑／希望这一切能留下记号……

    停滞、刻骨的停滞、虚妄、重复……如此无聊。人们在期待什么，虚空是真正的本质。

是因为站起来了，站得高了，才发现世界原来如此空虚。人小时候世界被众多比自己个子高的成年人挡住了视线，遮蔽了真相。

这个季节大家都蹲了下来，横七竖八躺在地上。所有的一切都如此陌生不祥，如行尸走肉，不认识自己不认识他人，不认识世界，先是为活着而努力，活下来之后瞬间陷入巨大的虚空。

这段时间社会上的性交行为戛然而止，心脏病成了流行病；无人能跨越或有所改变；这段时间我们的国家没有性交。

有时流行五禽戏，大家都爬着上班。

革命是一种多么充实的精神力量，难怪人们为之不惜牺牲自己，因为这使他们仿佛挣脱了行尸走肉般的躯壳，感受到生命的鲜活。

是世界将我们缩小。一个寂灭过程。

怎样使一切变得安全。

有段时间流行这样一种游戏：一些人在街上突然袭击某个陌生人，并将这人的受害状态拍下来，然后给大家传看作为一种娱乐，在这种事件中有人被打伤，有人被打死。

人与人之间的厮杀扯拽，在长期彼此虐待的关系中翻滚。人们梦游一样走着。她听见血液流动的声音，看见生命离开他的身体。

我们总是生活得鼻青脸肿。

她有一颗孤独的四处巡逻的心。

她是一个啤酒味道的女人，她喜欢喝啤酒。

在那个绛紫色瞬间，她半转身的婉转击中了他。

她说：女人天生是艺术家，而男人要成为艺术家必须学习女人，像女人一样，如留长头发，梳小辫子。

可能碎裂的一代，每人都独自游荡，无家可归，遇到什么就随机发生一种奇怪或多层次的关系。

当孤独瘟疫一样流行，无法治愈。人们开过各种药方试图对症，都无法彻底根治。

当社会处于无聊期，人们采用分等级、斗争等形式试图证明生命的意义。

当生活无聊乏味，人们试图在人群中斗争、取暖以取得意义。陷入人们为利益而斗争的网络是个办法，这是一种游戏。有时我们的社会以权力为中心构成，有时以宗教为中心，有时以情感为中心……

有段时间我们的生活，严格按年龄排队，生日是我们最重要的东西，年龄是一切的标准。

据科学研究表明，人类恋爱、性交是为躲避一种病毒。

有时人们涣漠、孤寂得无可收拾，生命萎缩得甚至没有争斗的欲望，死气沉沉。

当虚无感盛行，像流行病一样在城市中蔓延，脚不着地的感觉。人们采取许多方式来缓解：种植庄稼、祈祷、战争、修金字塔、自我规定意义、将自己安置在以时间为准则的秩序和计划里、保持喧嚣，等等。

有个时期发生虫灾，专家及政府呼吁大家把这种小虫吃进肚里。

他受不了静，静了就会很忧伤。于是他的生命营造着喧嚣，他的耳边充满噪音。

为什么我们飞不起来，为什么尼罗河上鸟雀有时在或不在呢？

有时人们用语言之利器相互谩骂、疯狂攻击，如空中飞舞的刀片，片片致命；用四肢及四肢的延伸物消灭他人。

每人每天都接触许多他人情绪的垃圾。

各种各样的人都会登场，千奇百怪，种类多样。

他的混乱是难以廓清的，有乡土成分及城市流氓的痕迹。他的身上不断泛出许多前时代的沉滓。

他总想拉帮结派，他习惯时刻分个等级，不是他踩着别人，就得是别人踩着他，否则就不舒服。

她的声音总是不紧不慢地一声声响起，连绵不断又无多少实质性内涵，渐渐令人无法忍受。

她的小眼睛今天又有了一个主意，她的方式是打小报告。

她有个嗑瓜子的习惯，特爱嗑瓜子。她说嗑瓜子能泄烦恼，一嗑瓜子心情就特别愉快。她嗑瓜子不仅速度快，而且数量多，持续时间长。

她衣着装扮的裸露点是屁股，方式是通过一个透明的可以看见细细三角裤的裙子。

他望着她的目光令她窒息。

平时她不喜欢同他说话，因为他的身上不时放散出一种紧张悸动的气氛，他不自然，她也不自然。那天，见了他的背影，她本能地上前同他说话。过后她为自己的行为感到奇怪，仔细思考发现，原来他的身上已是一团自然平和之气了，即便是背影也能被人捕捉到。

在世间行走，很多是突如其来、莫名其妙的突然袭击。是许多异类，人群中与你不同的异类，以你意想不到的姿势袭击你的视线、你的嗅觉、听觉甚至肉体。他们偏袭。

她只喜欢专注于自己面前棋盘的游戏，她被男人突然性袭，这使她不知所措一些时间，之后又恢复了她自己专注的游戏，任何男人的威胁利诱都不能将她从她自己的游戏中拉开。她好端端的，为什么要男人来把她的生活破坏掉，以爱的名义侵犯她，打破她自身处女的平衡。她是那么专注，那样入迷，那样不可阻止。她如此坚定地执迷她自己的下棋游戏令他惊悚。

她与她不同，她的困惑在于无法把握男人的突然袭击，她试图思考自身形象可能对男人产生的诱惑，但弄不懂的是她竭力避免这一切时，仍旧有男人向她靠近；这大大出乎她的预料，她因此而忧虑、不能开怀，她得了流行的忧郁症，她似乎无法控制这与她有关系的一切，她不知什么事会突然发生，这与她青春前期的一段经历有关：与表哥说话时，表哥却突然抱住了她，尽管她挣脱跑掉了，但从此她变得忧郁。

　　有人喝醉了酒在半夜边哭边骂："谁把我生下来的？非把我生成人这种怪物……"后来这演变成一种宗教仪式，一群人站在旷野中大喊："谁把我们生下来的？谁把我们生下来的呀……"

　　不知道我是从哪里来到这个世界，只记得一个女人时低时高忽快忽慢的声音，这声音的节律有些神经质，像是呼吸的声音，又像是暗弱的呼噜声，像是轻微的责怪声，又像在笑，时而像安抚时而像愤怒。这是我在母腹中听到的声音，是我于二三岁时的几次睡眠中回忆出来的。降临世界后是一种难过、不安全感，彻夜啼哭。然后触感、冷感带给我们诸式感知，塑造了我们对世界的各种反应。

　　每到冬天总有一个哭泣的季节。

　　食物的变化使我们陷入暂时的疯狂攻击之中。

　　那时人们正被腹中的粪便所阻，人们的脐下三厘米都有些不适。

　　人们在盲目运动及消耗，像被什么支配的提线木偶。他焦虑万分，他像热锅上的蚂蚁。他停不下来，他不能平静。人们都狠巴巴地活着，脸上整日写满焦虑，又不知焦虑些什么。人们无聊地干笑、无精打采半死不活的样子。

人们抓紧活着，哪有缝隙去管别的事情，那些路倒者只能徒增人们内心的隐痛。

有时候人就像中了邪似的向一个圈里跳，那根筋是如此执着，挡也挡不住。

被生活的机关控制得不知所以的人群。

有时人们试图用情欲来证实自己生活的真实性。

夜晚，一切变得浮动朦胧。这是使人失去理性的时间：喝酒、莫名其妙地打架、性、情、情绪……

夜晚有什么，是街道，灯光下被风吹动的树叶，汽车的行驶……夜晚什么也没有，只有一些存在的剪影，真实、不真实的幻象……

夜在移动／灰尘／没有声音／只有声音……

夜晚呈现人与世界的另一种面目、真相。

生活就像赌博，食物是其中的关键。

自杀像瘟疫一样流行。以自杀为半径有不同的学问及纷争的党派。

关于各种惊吓的类型。近近远远，密密疏疏，一切都未解决。

这个时代通讯方便，我们打仗仍用冷兵器，个中缘由难以说清。我们偶尔裸露一下自己的身体并狂吼，这种习惯一直在某个节日里保留，遗现着我们原始的野性和动物的尾巴。

季节之水渗入每个人的身体，人们需随时调节它的浓度。

生命的重量到底在哪里。

天塌下来了。这不是我们愿意的。我们使出全部意念力，它终于又回到天上。

我，在地上行走，必遭遇人、人。人迎面而来或呼啸而去，我在人、人的丛林中感受风的呼呼作响，我与他缠绕、相爱，我生下了一堆又一大堆孩子，一大堆又一大堆，直至全面枯萎。人、人扶疏而来、穿梭而去，我与他缠绕、旋转、相爱，世界已不存在，我生下一堆又一堆孩子，一堆又一堆……

有时人群的旋涡是难以预料的，他突然之间就成为被暗杀的中心，人群的力量向他汹涌而去，他来不及解释，无法解释，解释无用。直至……才会渐渐平息。

她长得如此夸大，她的脸孔像一只大眼睛的蜥蜴、大眼睛的外星人。

这段时间她太瘦了，眼睛大得惊人，当她眼珠一转，甚至能听见其眼珠骨碌骨碌转动的声音。

一触摸到那熟悉的氛围，她就禁不住放声大哭起来。

天气太热，她只能缩成一团，这是她对付炎热的方式，虽然有点怪，她却习惯了。

她身边耕耘的两个男孩，在阳光清朗的下午舞剑做饭。

他是一个总是不能恰当地对外界做出反应的人。不必置疑的地方，他层层探究，像侦探小说。该注意的地方他则给忽略掉，以至一次次恶性循环。

人们试图以划分时间来规划、了解自己的生活。

在一个皱巴巴的世界里，我们总是企图用各种方式抚平它

第九章 有时

（智力的、肉体的……）。我们如何抚平宇宙的痉挛，抚平这皱巴巴的世界。

张开手指测天地之风，要使自己在这世间可以存在，她下了很大工夫，为使头发能飘动并存于世间，手指能自由伸展，能够呼吸并使之正常运行，她使出三百六十度全方位招式。

有时，亿万富翁的特权是，花巨资制造田园诗般的生活图景，成为"显贵的原始人"：不着服饰，以采摘树上的果实为生，并在大自然中野合。

人们制作尾巴等模仿猿猴的一整套样式，成一时髦的享受。

儿童城的玩具是专供成人玩的。国王的最高标志是拥有一昂贵的奶嘴。

有时，社会层层设卡，人与人互不方便，大家的血液都运行得不畅、障碍重重。

脆弱的心理结构是无规则人治的结果。

社会秩序之网编织得越来越紧。

他们喜欢将一切矫作、伪饰地端上。

他们用隆重的仪式追悼一只小小的蚊子，他们降下了旗，他们的程序繁琐芜杂。

他们掉到阴沟里爬不出来，后来就把这当成一种时髦，再后来阴沟影响了他们，他们与阴沟浑然一色。

有段时间，人们对某种物体呈现极端的偏爱，如对锄头。

有段时间人们说话之前喜欢打三个饱嗝或喷嚏以示友好。

有时大家都得了健忘症。

有段时间大家见面时右手握拳并弯肘。

有时发呆是人们的常态。到处是经常发呆的人,国家也在发呆。

发怒的解决方式。

此段时间人们体内的分泌物普遍增多。

天气半冷不寒的让人心酸。

最近大街上、公共汽车上经常见到许多身体不舒服的人。

他发现像他一样咳嗽的人正在这座城市蔓延。人们都开始咳嗽。

牙痛是不能说的。

悬念,有关骨髓。

那个男人得了乳腺增生。

当见到他瘦脸低垂(枯老、苍白、消瘦),妞妞知道这是一个生病的季节。

这是一个无人敢"在路上"的时代,随便一个艾滋病就会轻易将人消灭于无形。

在这个年代,死亡是大面积发生的。

看鸟雀飞过和牺牲的预兆。有人在云雾中行走。

这是一个人类需积极跳跃(像鹿一样跃过陷阱和绝望)才能存活的时代。

那成群的人围聚在一起,远看以为发生了什么大事,如同密谋,走近才知道是围在一起唱歌。

人与动物一样，当初遇或对峙时：相互打量、应势而动。

婴儿通过别人的面部表情或某种在成人看来微不足道的行动，能直感到一种不适，然后突然大哭起来。

表情是相互传染的，无论一朵花、一条狗还是一个人。

她的表情让人捉摸不透。

她通身发出一种光，僵硬而冷漠。

我怎么能够允许你自作多情。

这一把的信任。

没有人对你挟持，是你挟持了自己。

他以酸性著称。

他终于摆动了起来，虽然笨拙。

他是个错位的物什。他的逻辑呈犬牙交错状排列（更多时候无逻辑），他的外表拥有朴实与斯文的假相。

他总是慢一个节拍，任何时候。

他说话如同便秘。

脸上细小的泡子，它是他排出毒素的全部希望。

他读书时书近乎贴在脸上，两个眼睛几乎对眼儿，他就是这样看书这样出现在她面前的。

他的"好"是一种无力的生命征象，是节韵性的条件反射。他都不知自己在做什么。

他抬起手又放下，然后抬起，当然有时他转一个弧度，并面向你。

他对外人说话时总将声音压得低低，硬撑一副"男子汉气"。

过后一下子懈下来就脆弱地哭泣，并要找妈妈。

秋天是一种季节，在秋风面前心脏也有所变化。秋天是从他皮肤剧烈搔痒开始的，这难以忍受的搔痒使他只好整日泡在浴缸中才有所缓解。

她的哭声开始了，与刚出生的感受相仿，凄凉、感伤。夜间的凄哭是她从婴儿时开始的，几十年后仍然如此，一辈子如此。

星期五大风。季节（一年四季）轮番从人们身边穿过。

季节的流转。

是夏天近了，人们的身体通透了，身心茁壮起来。

有一日天空云朵的异样引起人们担忧，害怕是某种灾难的征兆。不是有"地震云"等说法吗？有的人看见这种自己不熟悉的云形就害怕，令之想起战乱中的无助。

蘑菇云的变幻、慢动作人群（如果拍摄这个画面下来，人群是慢动作的，间或有些定格）。

那是个傍晚，天空的云层在夕阳光照下燃烧得无比愤怒。人们担心天要塌下来了。

如果天掉下来怎么办？这是一个问题。

这段时间大家都处于神经过敏状态。许多儿童受悠扬笛声的吸引，列着队边跳舞边走进大山里就一去不复返。

整齐的充满了整个城市街道的红衣队伍，动作整齐划一、步调一致地从远处走过来（出现），又向远处走去（消失）。

他们前进并后退，退回又前进。

街道是斜的，纵横交错，误入岔路就很难走出，直到你能驯服这些道路，它们的模样才在你的面前重新清晰起来。混乱的布局，使得人们的性格谨慎、多疑、神经质，有假想敌色彩。有时道路显得清晰些，在人们眼中倒也有条不紊，有时就又逻辑错乱起来。

　　这段时间流行"忽悠"是由他开始的。开头他对自己的方式有些怀疑，但后来他不经意咳嗽一下，大家都跟着学时，他知道自己成了。他说可以让我们飞到天上，我们都相信了，虔诚地跟着他每天做操。蹲下站起，再蹲下。他自称是中国术士，后被揭发是冒充中国人。"中国"有段时间成为我们的宗教，后来又被无情打击。据说中国人长着水草般绿色的长发，是种美好的人类。

　　有时人们揪着自己的头发希望能离开地球。

　　人类如何猜测神的脸色。

　　最重要的是我们的身体抓住了浮生若梦的这个世界的哪些片断。

　　有时人们因对不同观念、事物的学习和接受，或受某种局部流行的影响而停留在不同状态、不同阶段，如同挂在树上的不同位置，并执拗的保持某造型。见到他时，他的梳洗打扮还没有结束，尤其是涂脸上"黑块"的部分总不能令他满意。"黑块"运动领袖走了，"黑块"却留下了，且成为他一生的印迹。涂"黑块"（在面颊的某部分涂上一菱形的黑块）成了他的寄托也成了他的无意识，乃至机械的运动。他不知他在干什么，这只是他的习惯、曾经的信仰或是祖辈曾经的信仰，现在也不知道是什么了，完全是无意识的了。

每天身体的重量随灵魂的轻重而有所不同。

春天又要来了,树叶上有美丽的牙儿。过几天,不知不觉中,花儿会突然间开满整个世界。

这是新的一天,一切变得开朗起来。节奏也是更加适宜了。

那几天,妞妞疯狂地吃了几天香椿,嫩嫩的带着清新的野香,是自然的气息透过小小的香椿传递给她,让久居水泥城市的她长长地换了一口气。那是纯正的大自然的味道。

是春天了,雨丝把树叶润得嫩绿。雨有点狂乱,但那一树一树的花和一树一树的绿却定定透透地溶在这春雨里,似乎这春雨不是鞭打了它们,而是催生了它们,诞生了它们。

雨水过后,绿色的植物更绿了,花儿更鲜了,整个世界被清洗了一遍。

夜晚的月光幽幽的,空气中流动着一种亘古的情感,生命、岁月在吸呼中行止。

妞妞:"夜晚,我不眠,我要为人类守护地球。"

妞妞:"即便没有任何人喜欢我,也不等于我不好,因为世界是古怪的。"

他认为天空的这个雷打得极不正经,如同有人在使劲儿放屁,而且拖泥带水,像要带出其他的东西。

妞妞在吃一只油炸小鹌鹑时想:这与一只大狼在吞食一个人有何差别。

这个新来的蚊子好像爱在她面前表现似的，围着她转来转去。果然，最终在她身上留下了不同于其他蚊子的另类的大包。

火星说："地球那家伙还在移动，看不出它的情绪有何变化。"
蚂蚁面对前边一个石子自言自语："又一座大山挡住了我的去路。"
水仙不开花是什么意思？装蒜。
排泄粪便是河马重要的社交礼仪。
目前地球上很热闹。
人类是地球的一个病毒，近些年在发疯般复制，泛滥成灾。
不知地球还能忍受人类多久。
顷刻宇宙间安静极了。

春天来了，人们在街上走路时不小心会相互碰到一下。
每个人的神经都是细密之网，陷入其中哪得轻易脱身。
人总是陷入自己的片断和局部中不能自拔。
每个人都带着自身浓重的气息、气场，对周围人近乎催眠般影响，谁的定力大，谁的势就大。
当一个人进入另一个人的气场，一切都与客观不尽相同了。
感情是上帝对人的逗引，它使人徘徊流转，九曲千回……
废话是人类一本质特点。
说话与吃饭为什么用同一个器官？
操练：人与人之间的较量、暗河综错。不满在积聚之后爆发。
误解是人们生活的常态，这与逻辑有关，与文化有关，与言语不能彻底表达真实有关，与差异有关，与很多永远无法沟通的东西有关。

你是不知道的，看起来与你相像，很多人的构成实则全然不同，与你相隔的不仅是万丈深渊。

有些人的无耻是你难以想象的，是你无法明白的，他们硬是能够肮脏得已没有一丝透亮的缝隙。

他总是被误解，一有这样的事就会落到他身上。

他很害羞，见人就躲，甚至不惜躲进厕所。

他身体一动，泪水便溢了出来。

一个个人主义者突然发现：人其实都是为别人而活的。

起初他知道他人的目光就是地狱，最后他发现自己靠这地狱的目光维持他空虚的生命。

有人竟其一生是为寻找最"动人"的方式活着。"动人"，即为使他人动。

活着，这么多的重量、密度，如何勘清，仅时间能跨越一切，是时间。

他认为人的生命过程就是一种消耗，消耗尽了，人的一生也就完结了。

人们的身体随着成年变得日益沉重而多余。

有时人的程序混乱而复杂，成长中有许多危险的碎裂和关口。

真正的伤痕累累，在价值观混乱的时代，刀枪棍棒横飞。

第九章 有时

每到世纪交替,我们就愈加慌乱。

日子从手上流过,不动声色。

街上每个人都穿着衣服。

有时她撞上两桩爱情。

她对各种气味反应敏感。

他们的气味鱼一样汇聚。

他像太阳一样发光,浑身上下却散发着鸡蛋青的味道。

她有上气不接下气的时候,也有黔驴技穷的时候。

她感到自己的灵魂在旷野上慌张地行走,在月光下寂寞地疾走。

他的房屋组构显得异化而冷漠,她的则蕴含了细致丰富的情感。

原来有些人是不能沟通的,遇见就必须走开……

一方面世间众多人群看似形形色色,实则大同小异;另一方面世间各色人等陆离斑杂,个性、声音、行动、方式、外貌……一个人从其婴儿期被不同方式的对待开始就形成了隐性的千差万别。

她让他哭了起来／他让她哭了起来／她和他哭了起来／她们和他们哭了起来……

陌生人之间拥抱二十分钟。

某种神经的牵动使他内外不一。

人们一哄而上,人们就这样一哄而上。

四处喷涌出来，到处是镜子，到处是盛开的菜花。

他为什么形成这样的形态，他斜斜的一步步挪过，如同有什么驱赶甚或系住了他。

空气中为什么摆动出颤音，脉脉地响。

关于躲闪，关于镂空，关于隐含，关于介入，关于空间的组合与拆解，关于异质的反应。

把树种在楼顶。

当树叶枝条在楼顶摇曳，你的心也恍然了。

他们看见有烟从地下升起。

他是一个总是镌刻东西的人，总想使一切确定下来。

人类的一切其实都是不堪一击的，唯有信仰造成幻境，给人虚幻的想象和想象中的力量。

我们不知道生命的深度，它突然来临，带着血光和尖叫。

分子欲坠非坠活跃重组之时。

这一切无从谈起／这一切没有意义／升起、暗去、等待、焦结、无序／一切因它而来，一切由它而去……

这是一个失去重量的时代，连生死都不重要，一切在轻轻悬浮着，一切都没有位置，只有聒噪饶舌之音。

世上行走的人，每个人都有它的开关。

逗号是个随时出来巡逻的弯腰但神采奕奕的小个子。

那块香皂圆圆的光滑细腻如珍珠般可爱的色泽与手感，布散着淡淡的清香。

那棵大葱白绿相间，挺拔，盈如生命之盛满。近期兴起了

"大葱崇拜"。

桌椅也是有生命的，不时发出它们自己的响动。

她的本质是个处女，这就是一切问题的核心。

朝阳、洒网、宁静的城市、工厂、灯海、人流、云朵、宇宙、大气、霞光、车流……

多么神秘地闪烁和点缀，一切是那么没有道理。

一下子仿佛春天来了（尽管还仅仅是一月份），天空突然澄蓝，空气突然透明，一下子连绝望者都有活下去的愿望了。他第一次闻到这种味道的新鲜空气时三岁，那是他最初的清晰感受之一。

今天的生态是纯粹阳光的塑造，生命的链条就是固体的阳光。

生命本质的含义就是把光能转变为物质的新陈代谢。

地球的造山运动，大概每一亿年就把地球的面貌改变一次。

我们想控制这种气场。有时我们的心回到遥远的过去，那是好几千年前之心。

试图探讨科学地控制人类行为的可能性。

串级控制系统，精馏控制，提馏段温度控制……诸如此类。

一种倾斜的角度，不能进行。如果你不以它的弹性为目标，咫尺之遥。宇宙侧后方。

天晓得。也没有来得及。从何说起，不要说质地啦，影子都不知道，有时我也考虑这个问题。驱动。N次方。根。

报纸被撕得粉碎，到处都是漫天飞舞、密密匝匝的细碎的纸屑。它们沿角度碎为扇形、螺旋形、三角形……它们游动、翻转、停落、嬉戏、密语……布满整个世界。

我们的咒语是："有时"。"有时"也是有时间的意思。人有多少时间呢？

时间"哗啦""哗啦"地一闪而过。

有时世界空下去，像被什么挖了一块儿。

在枯树下站着一个秃头的穿着天蓝色纱袍的美丽女子。
头上戴着花的水鸟从水面抬起头。
动人魂魄的乐音随风一起迎面扑来，有节奏地敲击着人们的肉体和灵魂。
妞妞吃饭的时候房屋突然塌了，刹那间她暴露于天空之下，她还可以继续吃饭，但周围已是一片断壁残垣，她想知道这一切是怎样做到的，不结实的房屋竟可以避开她如此完美地解构。她发了很久的呆，然后决定把沾了尘土的晚餐吃完。
夜晚她梦见推开自己住处的窗户，发现置身空中，窗外是惊人美丽的云彩，神话般绽放。
妞妞还做了这样一个梦：她们几个人（其中有曾经的男友）仰

卧在桥上，这时看见一只黑色的大鸟在天空飞着，之后似乎变成一只黑色的飞马，后来它落到水边的桥头，定睛一看仍是一只黑色的大鸟。

妞妞头重脚轻已经很久了，她自己也不知道该怎么办，她不知道该怎么办。她感到一种混乱的痛苦，无家可归的迷惘。

每天她的肉身从一处走到另一处，那扎实踩在脚下的大地纹理是否就是真实，哪里是可以固定的一头儿？

一切是在不知不觉中发生的，就像慢慢移动的风景在交错中突然崩裂。

大楼换个顺序重新倒下来了。

手套党就是这个时候出现的。它暗合了很多人某方面的心理需求。其标志是：左手戴手套。口号：清除垃圾、异端，重塑人类的规则。手套党应时而生，认为人类应规矩地生活。他们把日常生活中最微不足道的行为也分解为一系列必须附加操作说明的程序，如何穿一件衣服，如何正确地鼓掌，每一细节必须受到控制。手套党认为绝对自由必将导致绝对的混乱，所以必须启动社会控制的引擎。他们坚决主张每个人必须有且只有一种性倾向，并与自己解剖学一致。

据传言，手套党由砍手党发展而来。砍手党是一非法的民间组织，他们避开法律，由手套党内部决定对他们认为做了坏事的人进行砍手的惩罚。但这段历史不被手套党认可。手套党认为当初砍手党是解散了的，与手套党并无连续性。还有一种说法，手套党由秘密结社、宗教秘密语而来。在党内，咖啡、茶道……每个动作仪式都有含义、暗示、秘密语。

在手套党出现前，小眉的任期就到了。因为民主选举，因为各派别轮流执政，所以小眉完成了自己的工作，就轻轻松松地过起了普通人的生活。

那天，她在运河绿化带边推自行车行走，与一看起来行动不便的有病的老人擦肘而过。为什么是擦肘呢，因为那老人平端着胳膊，肘部朝外，他走路是一点一点向前蹭的，看起来很艰难。但没想到，老人的肘部结结实实狠狠地撞击在小眉的脾上，她痛苦地捂住了自己的左腹。老人好像没有感觉，什么都不知道，仍平端着那似乎一直纹丝不动的肘，艰难地一步步向前行。小眉扔了自行车，弯下自己的身体，她回头看着那一无所知的风烛残年般的老人，没想到他的肘部如此坚硬。小眉倒在了地上，她被路人送进医院，但因脾脏破裂，抢救无效死亡。事后查明，这不是谋杀，这确实是个偶然，是个巧合。他不是那种随身携带又细又沉铁拐杖作暗器的老人。他怕别人撞到他，就以出人意料坚硬的肘部抵御外界。

小眉之后仍是男女两位领导人共同执政，男领导人叫丽丽，女领导人叫丘丘。后来两人相爱了，这是我们举国欢庆的大事，因为这也是全国上下众多男女相爱的标志。不久，女领导丘丘甜蜜地宣布退位，由她的夫君丽丽全权代表她管理国家。

妞妞大力宣传"女人圣经"希望以此来秩序社会。但最终秩序的控制权又一次落入男人手中。

事情就那么尘埃落定了，分毫不差。

一场运动过后一切重新洗牌。哲学上，利益上，基础上的改变动摇。

《胡塔斯陷阱》：我知道你有个胡塔斯陷阱／晾给我时你还有点羞涩／你说挖得不好尚需改进／它宽窄不一，它渐露狰狞／它遮覆清草，饰以花朵，机关暗藏／它不动声色，杀机潜伏／我知道你有一个格律齐整的胡塔斯陷阱／尺寸测量与你说的一模一样／日月星辰，开合翕张／我知道你有个一生都在搭建的胡塔斯陷阱／没有路标可以抵达，仅会于偶然间跌入命中／它有时冒着气泡有时也长满绿草／那是一个左走右走走不出的圈套／你微笑地看着我／拉我进入你的胡塔斯陷阱……

男女国合并时成立的是两权分立的共和政体，后合而为一，后又是男人主导了。

手套党出现后首先清除"异端"，仅保留同性恋与异性恋，主张女性退回家中。手套党发表宣言说：现在众多的社会问题一言而概之就是女人的问题。女人是全世界一切问题的根源，只有把女人问题解决了其他种种问题才会迎刃而解。女人是压倒一切的问题，社会的建设首先要抓好女人问题。现在资源匮乏，社会混乱完全是女人的问题。

手套党对女性大力推广阴蒂切除术。推广方式是，首先鼓吹阴蒂切除是一种时尚、时髦，对这样的女性进行推崇。之后再规定，切除阴蒂的女性才算作真正的女性，才可以与男人生育、恋爱。再后来分期分批进行了消灭阴蒂运动，并规定女孩的成人仪式，要举行割礼，即割除阴蒂。

后来男女之间一直试图弄通一个问题：孩子到底是谁生的？男人还是女人？当然是女人。不，凡持此愚朽想法的必遭批判。发展到后来成了这个样子：女人生完孩子，男人忙跑上产床呻吟，以此表明孩子是他生的。他要在床上"坐月子"，女人却要下床干活。

另一部分人承认孩子是由女人十月怀胎生下来的。在这部分人中，女人认为没有女人就不会有人类，因此女人应具领导权；男人则认为女人需照顾孩子，精力不足，因此别的事就应由男人主导。

不同局部形成不同文化。

再后来手套党统治全国，成立男同性恋者联盟。

地球环境恶化，氧气变得愈加昂贵，克隆人像生产流水线一样容易。一些男人怀孕了，他们大着肚子很坚强地站在那里。

手套党发出消灭女性的号召，开展了灭绝女性运动。

他又在这样看她／他总是这样看她／这冒着寒气嗖嗖作响的目光／这丑陋令人作呕的目光／这生了病无法医治的目光／这

浑浊带着眼屎的目光／这夜间与角落里的目光／这发霉泛着沉滓的目光……／他又在看她了……

一切在没有声响中悄然驶行，铁腕推进。

当政治的厉斧举向你，你无处躲藏。

不让女人说出她们的真实想法，以欺骗与谎言为男人的目的服务。对有些人来说这是一"假面社会"，如妞妞。但对向东来说不是这样，他快步跟上时代，发自内心地成为了一个手套主义者。

总要把自己打碎再重建，这是一个稀里哗啦的过程。

向东老人家向西西老人家射击时拿枪的姿势很酷，如电影中一样，是伸直胳膊的那种，可见老人的臂力还很过硬。向东用枪指着西西说："我集我八十年生命的智慧、全世界的知识，明白了女人是不该存留于世的，我必须响应号召杀死你，这是个真理。"他说他"人老心不老，要跟上革命形势，彻底改造自己"。八十岁的向东杀死了西西。

事实证明，八十岁也是可以跟上潮流的，也是可以被洗脑的。

西西也想向向东对射，但晚了一步。

西西，这个曾经伟大的祭司，这个勤勉的宗教工作者，为什么在向东面前，她总是迟了一步？

向东是一周后死去的，他死于时间。

今天世界安静了许多。

这一天下着雪。天上飘落的雪花一朵朵落在妞妞长长的眼睫毛上，她一眨掉，又有雪花落下来。她的眼前很快变成白晃晃、毛茸茸、朦胧胧一片。

是冬季落日了，一个血红血红圆圆的小太阳挂在那里，周围是一片橘黄色的光晕。路灯已经亮了，落日和路灯一起，透过窗玻璃向她张望。

妞妞梦见许多红色的金鱼躺在岸边（她知道这是有人迫害的结果），有的鱼还在呼吸，她连忙将它们一个个捧起投入水中，后来不知为什么水越来越少，最后干涸了。这是人为造成的。她不明白为什么要这样，她焦急着……

战争爆发了，上哪里躲藏？男人们打过来了，女人们怎么办？到处是行走着的鲜艳的金鱼。

妞妞一觉醒来已是清晨，灵山的太阳一点点升起来，她坐起身看了很久。

然后她跑了起来。

她一直向前奔跑起来……

1998年始构思写作部分片段，2005年一稿，2008年定稿于北京。

新文学来了
——一种开启新时代的写作：《她世纪》

新文学来了。

作为一部史诗性的先锋小说，《她世纪》以其震撼性的原创力量、惊人的想象力、浓缩密集强大的信息能量，向我们昭示了新文学的纯正质地。在这样一个"后现代之后"的时代，在这样一个垃圾文学成堆、良莠不分的时代，在这样一个被称作"文学已死"、"先锋已死"的时代，《她世纪》回答了文学的本质问题，廓清了文学的本来面目，于一派庸俗混乱之地显现出有价值有意义的文学前行脉络。作者似乎在写作一篇关于小说的论文，对文学本质属性进行了推进性探足。

无论社会多么科技、多么金钱、多么异化，文学仍会是人类精神的那根稻草、人类精神的栖息地，是人心深处最本原最真切的精神律动。文学不应是精神垃圾，而是一种高级的精神活动，是精神游戏、精神信仰和精神归宿。文学不应仅仅是浅薄低级的即时消费、一窝风的短视实用，它更应带给人精神养分、精神传承、精神能量，是精神的挑战、精神的冒险、精神的实验。同样，先锋也不会死，先锋是社会的前瞻，是其中的精粹价值。先锋小说代表的是文学中最新鲜最有原创力的部分，在任何时代都意义非凡。"先锋已死"只能说明原创力的式微与无能。不是"先锋"有问题，而是有没有能力"先锋"的问题。

《她世纪》展现出一部好作品的杠杆，体现了新文学的追求。

什么是好的有价值的文学？新文学推崇原创性、想象力，看重作品能否提供新鲜的质地、成分、品性，作家思维想象情感的边界能抵达何处？作家对文学对世界的看法是怎样的？认为想象力是文学中最珍贵最基本的成分。《她世纪》在这里有了一个本质上的飞翔、本质上的突破、本质上的原创，它淋漓呈现了从未有过的一切：从内容到形式最具原创性和想象力的聚合、飞升、突破，提供了长篇小说新写作的式样。

新文学认为，好的文学必然是信息能量密集、充满浓度的，这与这个资讯繁复、匆忙紧促的时代天然匹配，符合文学内在真正的发展及阅读审美方向。新文学应是史诗性、浓缩性的，长篇小说的本质在于结构和含量。《她世纪》这部浓缩性的长篇，以其史诗性的结构、密集强大的信息能量，深刻地体现了这一点，它甚至以词句为单位进行组构，有的词句本身就是一篇小说。这是一部真正称得上长篇的作品，它不同于那些兑了水的长篇本质上是短篇小说的拉长。《她世纪》充满了纵横节奏、内在激情，它连接大脑和心灵，影响到呼吸和心脏。

《她世纪》在这个"以先锋文学为耻"的时代拯救了先锋文学，它以其自身的执著探索，表明"先锋文学"没有"到此为止"，而是作为新文学重磅而降。《她世纪》表明这个时代有能力"先锋"，它使人们看到"后现代之后"将会有一个更高起点的原创时代的到来。《她世纪》为文学带来了新的气息、可能性、起点、程式与模块,提供了新文学的方式。

新文学来了,《她世纪》的精神含量和美学努力都在昭示着:文学正走出瓶颈、走出困局,迎来一个全新的时代!